中国原创品牌童书

杨红樱和马小跳
YANGHONGYING AND MAXIAOTIAO

经典必读永伴成长

淘气包马小跳系列

杨红樱◎著

忠诚的流浪狗

典藏版
DIANCANGBAN

浙江出版联合集团
浙江少年儿童出版社

　　我笔下的马小跳是一个真正的孩子，我想通过这个真正的孩子，呈现出一个完整的童心世界。

- -

中国原创品牌童书　经典必读永伴成长

淘气包马小跳

典藏版
DIANCANGBAN

忠诚的流浪狗

杨红樱⊙著

浙江出版联合集团
浙江少年儿童出版社·杭州

杨红樱 Yanghongying 语录

　　童书作家必须要担当起引领儿童心灵成长的使命。不回避儿童生活中的生存现实，是起码的社会良知。

　　孩子感动成人、教育成人的时候很多，他们可以是成人的老师，成人也应该向孩子学习，是我一贯的观点和立场。

　　喜欢马小跳的读者一代接一代，马小跳已成为他们童年时期成长路上的精神伙伴。马小跳和他的伙伴们一直都在孩子们的童年里，也一直在我心里，从来就没有离开过。

宝贝儿妈妈

马天笑

夏林果

丁克舅舅

唐飞

小非洲

杜真子

张达

马小跳的好伙伴。他说话结巴，但行动敏捷，喜欢和汽车赛跑，还会跆拳道，在体育比赛中常拿冠军，是女生心目中的魅力男生。

本集明星人物

毛超

马小跳的好伙伴。他废话连篇，说十箩筐话，有九箩筐都是废话。他爱出馊主意，还爱到处打探情报，散布小道消息。

唐飞

马小跳的好伙伴。他挺着肚子走路的样子像企鹅，热爱美食，他的理想是长大了先当美食家，然后上电视做美食评委，吃遍天下美食。

马小跳

四年级的小男生，一个完好地保持着孩子天性的孩子，一个理直气壮地做着孩子的孩子。他有情有义，敢作敢为，对朋友赤胆忠心，却经常遭到朋友背叛。他大错不犯，小错不断，是老师办公室的常客。在办公室里垂头丧气，一走出来便欢天喜地。

目录
Mulu

淘气包马小跳

系列 典藏版

忠诚的流浪狗
ZHONGCHENGDELIULANGGOU

最炫最酷的生日礼物

这些日子过得有些平淡，最值得期待的就是唐飞的生日了。倒不是马小跳他们几个想吃唐飞的生日蛋糕，而是唐飞的生日礼物，总能给他们带来巨大的惊喜。比如唐飞的上一个生日，他姨妈送他的生日礼物是一台索尼摄像机，这就有了跳跳电视台，有了台长马小跳、摄影唐飞、副摄影兼道具张达、主持人夏林果、副主持人毛超。

唐飞过完这个生日的第二天，毛超明知故问："唐

飞，你昨天过生日了？"

唐飞白了毛超一眼："你怎么知道的？"

毛超朝马小跳和张达意味深长地挤挤眼："我们忘了谁的生日，也不会忘了唐飞的生日啊！是不是，马小跳？是不是，张达？"

"既然没忘我的生日，我怎么没收到你们送的生日礼物呢？"

马小跳说："我们的礼物都太一般了，简直就拿不出手。"

"这要看你送谁了……"唐飞一脸坏笑，"你送夏林果的生日礼物就很不一般嘛。"

夏林果过生日，马小跳绞尽脑汁，为夏林果准备了一份十分特别的、前所未有的生日礼物——一个刻着夏林果名字的哈密瓜。

马小跳恼羞成怒，向唐飞扑去。唐飞没有躲闪，他

知道张达会把马小跳拉开。

　　张达果然不动声色地将马小跳拉开了。

　　马小跳气呼呼地走了。唐飞朝着马小跳的背影，特别大声地喊："张达，毛超，你们想不想骑平衡车？"

　　马小跳回头，直奔唐飞："哦，原来你的生日礼物是平衡车！"

　　果然，又是一个惊喜！

就像当年的滑板，平衡车是当下男孩子心目中的最炫最酷，难怪马小跳要回头。

"我的一个叔叔送我的。"唐飞说，"我敢说，你们见都没见过。"

唐飞的叔叔很多，多得遍布地球五大洲，马小跳他们也懒得问他是哪个洲的叔叔送的。

"虽然我没骑过，但我一定见过。"毛超一边说，一边比画着，"两轮的，像哪吒骑的风火轮。"

"你见过的是最一般的城市款。"唐飞对车的研究，那是绝对的权威。"大型超市、展览馆、地下停车场的人，一般都用城市款的，那是最普通、最常见的，骑警款的，是警察用的；还有高尔夫款的，是高尔夫球场上用的。"

马小跳他们最想知道唐飞的叔叔送他的是哪一款。

"我的是越野款的。"唐飞自我陶醉地说，"那是相当的有气质。"

毛超小心地纠正唐飞："车又不是人，不能说有气质。"

"毛超，你知道你身上最缺的东西是什么吗?"

毛超被唐飞问得迷迷瞪瞪。

"你身上最缺的东西是想象力，马小跳身上最不缺的东西也是想象力，所以，我说越野型平衡车的气质，他懂，你不懂。"

马小跳马上联想到他爸爸的越野车:"粗犷，具有男人的力量。"

"马小跳，我必须要拥抱你!"

唐飞给了马小跳一个粗犷的、具有男人力量的熊抱。

张达说话结巴，但他善于扬长避短，多动少说，不动的时候便在想象。在张达的想象中，这辆还没见过的越野型平衡车，已经让他心潮澎湃。

"我想……骑……"

下午的最后一节课，差不多还有十分钟才下课，马小跳已经将桌上的作业本、文具盒收拾得干干净净，准备下课铃一响，就往外冲。

"你想干什么?"

马小跳任何一个稍微异常的行为，都逃不过他的同桌路曼曼的眼睛。

马小跳正襟危坐，目不斜视："上课的时候，请不要讲话！"

"冒充好人！"路曼曼不吃他那一套，"从实招来，放学后，要去哪里？"

"不告诉你。"

路曼曼才不会跟马小跳死缠烂打呢。她见坐在前面的毛超、坐在后面的唐飞、坐在窗边的张达，都已经把课桌收拾得干干净净，心里便明白了——放学后，这四个人一定有情况。

不是所有的人都像马小跳那样守口如瓶，比如毛超。

"毛超！毛超！"路曼曼向前倾着身子，"放学后，你们要去哪里？"

"我们……"

马小跳就怕毛超说漏了嘴，情急之中，他把手高高举起："秦老师，路曼曼找毛超说话！"

秦老师如探照灯般的目光扫过来，路曼曼赶紧缩回身子，用手掩住嘴，低声对马小跳说:"算你狠!"

马小跳知道路曼曼不会善罢甘休，她一定会跟踪他们，所以在放学排队之前，他已经通知唐飞、张达和毛超分头行动。

张达跑得比汽车还快，他第一个跑到唐飞家。马小跳最后，因为他好不容易才甩掉路曼曼。

"马小跳快来看，这就是传说中的越野型平衡车!"

马小跳仔细一看，越野型平衡车与常见的城市型平衡车的最大区别，在于它们的两个轮胎:城市型的是小轿车的轮胎，越野型的是越野车的轮胎。

"是不是很炫很酷?"唐飞难得这么大方，"我招待你们每人去外面骑两圈。"

"那有什么劲?"马小跳说，"这越野型的，一定要骑在崎岖不平的土路上才过瘾呢!"

"痴人说梦!"毛超说，"这是城市，不是农村，哪有什么土路?"

"我……知道……有……"

毛超问张达:"你说在哪里?"

"你跟张达废什么话?"唐飞说,"张达说有就有,我们跟张达走吧!"

他们谁也没想到,当张达把他们带到一条崎岖不平、尘土飞扬的土路上时,会有一个什么样的遭遇在等着他们。

一只叫金子的金毛犬

那条土路的左边是工地，同时在建的几幢楼，有的建到四层，有的建到五层。土路的右边是一个有七八幢楼的居民小区。

放眼望去，土路崎岖不平的程度让马小跳他们几个相当的满意。

马小跳豪气冲天地说："只有这样的路，才能充分地体现这辆车的越野性能。"

唐飞显得十分大方："张达，你先来！"

张达客气地推让："你的车……你……闪开！"

张达突然扑向唐飞，用身子挡住唐飞，一辆疾驰而来的三轮摩托车将张达挂倒在地，消失在飞扬的尘土里。紧接着，听见一阵狗的惨叫声，再紧接着，是摩托车熄火的声音。

"追！"

马小跳最先反应过来，拔腿就追。张达从地上爬起来，很快跑到马小跳的前面。

在飞扬的尘土中，张达听见摩托车重新发动的声音，依稀看见一个戴头盔的人骑上摩托车，扬长而去。

尽管张达素有飞毛腿之称，毕竟还是追不上摩托车。那辆逃跑的摩托车最终还是消失在他的视野里。

张达喘着粗气往回走，远远地看见马小跳、唐飞和毛超蹲在地上，都埋着头，不知在看什么。

张达走近一看，原来是一只金毛犬躺在地上，嘴角有鲜血。它张着嘴，舌头耷拉在外，急促地喘气。

"张达，你看见没有？"毛超问道，"是不是刚才那辆摩托车把狗狗撞伤的？"

不等张达回答，唐飞说："毫无疑问，肯定是那辆摩托车撞的，要不是张达舍生忘死地救我，现在流血的不是它，而是我。"

马小跳仔细察看金毛犬嘴角的血："这血是新鲜的血，说明它是刚刚受的伤。"

虽然张达不是看得很真切，但他可以推断出：本来开得很快的摩托车突然熄火停下来，只有一种可能，那就是撞了这只金毛犬。

"怎么办？"唐飞说，"我们不能见死不救吧？"

"马上送去裴帆哥哥的医院。"马小跳说。

裴帆哥哥是马小跳家的邻居韩力哥哥的朋友，他是一家宠物医院的医生，马小跳救助过的小动物，比如翠湖公园的虎皮猫、麦冬娜姐姐家的丑八怪，都是被裴帆哥哥治好的。

"马小跳，做任何事情都要三思而后行。"

"毛超，你想说什么？"马小跳马上又警告道，"毛超，不许说废话！"

"我们就这样把狗狗送到医院，会不会被人误会是我们把狗狗撞伤的？"

马小跳说毛超总是把人往歪处想。

"马小跳说得有道理。"唐飞说，"毛超，你知道你为什么长不胖吗？心眼儿多了就长不胖。"

"不是我的心眼儿多，是江湖险恶，害人之心不可有，防人之心不可无。再说啦，狗狗的主人也有知情权呀！"

"毛超说得也有道理。"唐飞像墙头草，风吹两边倒，"我们先去附近的小区打听打听吧！"

四个人，一人扶着金毛犬的一条腿，将它扶起来。

金毛犬只有三条腿能站起来，它的左后腿显然受伤了。

"不要去动那条受伤的腿。"马小跳显得比较有经验，"得有一副担架抬着它走。"

"这里又不是医院，怎么会有担架？"

"……有……"

张达向工地的一堆垃圾跑去，很快又跑回来了。

张达捡回来的是被丢弃的半扇门："……担架……"

四个人一起动手，将金毛犬抬到"担架"上，马小跳和毛超在前面抬，张达在后面抬，唐飞骑上平衡车，在前面带路。

没走多远，他们便来到一个居民小区。

"十有八九是在这个小区里。"唐飞的话音刚落，小区门口守门的大爷便指着躺在"担架"上的金毛犬问道："这不是金子吗？它怎么啦？"

"啊，它的名字叫金子！"四个人惊喜无比，"大爷，

您认识它?"

守门的大爷不理他们,他看看唐飞,又看看他的平衡车:"你们把金子撞伤了?"

"不是!不是……"

四个人,四张嘴,吵得守门的大爷招架不住:"停!停!你们选一个代表来跟我讲话。"

毛超争着要说,大家不同意,说他十箩筐话,有九箩筐都是废话,不得要领。

大家勉强同意唐飞当代表,唐飞遇事比较冷静,说话不乱。

唐飞问守门的大爷:"您贵姓?"

"免贵,姓邓。"

"哦,邓大爷!"唐飞就以"事情是这么一个事情"开始,不紧不慢,将事情的经过讲得清清楚楚,最后以"情况就是这么一个情况"结束。

邓大爷听明白了:"哦,原来你们是做好事啊!"

邓大爷带着他们坐电梯来到金子的家,门铃摁了无数遍,也没人开门。

"家里没人。"邓大爷说,"金子就放这里吧,你们可以走了。"

"可是,它受伤了!"

马小跳还是想把受伤的金子送到裴帆哥哥的医院去。

"既然金子不是你们撞伤的,你们就别管了。"邓大爷像赶鸭子一样把他们往电梯上赶,"你们该回家了。走吧!走吧!"

在电梯间里,邓大爷凑到马小跳的胸前看他的胸牌:"白果林小学……马……小跳……跳……嘿嘿嘿……"

"邓大爷,您笑什么?"

"怎么取个这么怪的名字?"

马小跳眨眨眼睛:"怪吗?"

"我从来没见过这样的名字。"

"这就对了!您知道什么样的是最好的名字吗?"马小跳告诉邓大爷,"独一无二。"

"确实独一无二。"邓大爷喃喃自语,"马小跳,马小

跳……"

　　从那个居民小区出来，毛超问马小跳："邓大爷为什么只记你的名字，不记我们的名字？"

　　"你们的名字太普通，没特点，邓大爷想记也记不住。"马小跳突然明白过来，"毛超，你什么意思？"

　　唐飞帮毛超说出了他的心里话："毛超的意思是今天做的好事，我们大家都有份儿，不能只算你马小跳的。"

　　马小跳心里压根儿就没有觉得今天做的算什么好事，至少没有做彻底。他担心金子，万一它的主人今天不回来，或者回来很晚，金子的伤会不会被耽误？

是闯祸还是做好事

　　第二天早晨，在上学路上，马小跳满脑子想的都是金子，总有一种不祥的预感。

　　进了教室，马小跳将唐飞、毛超和张达叫到走廊上，正要约他们三个下午再去那条土路骑越野型平衡车，也顺便去看看金子时，路曼曼拉着夏林果朝他们走来："你们四个在这里鬼鬼祟祟……"

　　夏林果挣脱路曼曼的手，目不斜视、抬着下巴走进了教室。

马小跳望着夏林果的背影："你看看人家夏林果，这才叫淑女。"

路曼曼最恨别人把她跟夏林果做比较。夏林果是男生心中的女神，这让她一直耿耿于怀，马小跳的这句话，更让她勃然大怒："我说你们在这里鬼鬼祟祟，说错了吗？如果是光明正大的事情，为什么不在教室里说？"

幸好这时上课铃响了，不然的话，免不了一场唇枪舌剑的大战。

上午第二节课后，全校学生正在操场上做课间操，学校的教导主任十分严肃地来到秦老师的身边，在她耳边不知说了什么，秦老师那像探照灯一样的目光扫过来，停在马小跳的身上。

唐飞在马小跳的耳边说："不好，出事儿了！"

毛超唯恐天下不乱："看教导主任和秦老师的表情，肯定出大事儿了！"

马小跳经常想入非非："肯定是昨天我们救的那只金毛犬，它的主人来学校想当面感谢我们……"

马小跳正沉浸在白日梦之中，秦老师已经面无表情

地来到马小跳的跟前："马小跳，跟我去办公室！"

秦老师转身朝教学楼走去，马小跳还愣在那里。

"快去呀！"唐飞推了马小跳一把，"如果人家来感谢，别忘了说我。"

"还有我！"

"还有……我……"

毛超和张达争先恐后。

"你们放心吧！"马小跳慷慨激昂地说，"功劳是大家的，我不会独贪功劳。"

马小跳沿着秦老师的足迹，心潮澎湃地朝秦老师的小公室走去。

秦老师的办公桌前坐着一男一女，男的长得不老实，女的长得不善良，一看他们俩就是两口子，都烫着发黄的小卷儿狮子头。

男狮子头和女狮子头凑近马小跳胸前的胸牌，看了又看："马——小——跳——"

"就是他！"女狮子头还说，"不会错的，邓大爷说的就是这名字。"

“多亏了你这个名字，我们才这么快找到你！”男狮子头露出被烟熏黑的牙齿，“还有三个呢？”

马小跳明白男狮子头说的“那三个”是什么意思，他还真以为这一男一女是来感谢他们的，赶紧说出“那三个”的名字：“那三个是唐飞、毛超和张达，我去叫他们来！”

马小跳跑出办公室，在下楼的时候遇上了正上楼来的唐飞、毛超和张达。

“我正要找你们！”马小跳告诉他们，“果然被我说中了：我们昨天救的那只金毛犬的主人找来了。”

“够意思！”唐飞拍拍马小跳，“有好事儿总想着哥们儿！”

四个人勾肩搭背地来到秦老师的办公室，毛超自来熟地上前与男狮子头和女狮子头打招呼：“叔叔好！阿姨好！原来金子是你们家的！”

“你们带金子去医院了吗？”马小跳最关心的是这事儿，“金子伤得严重吗？”

女狮子头说：“我们就是为这事儿来的。”

唐飞谦虚道："这是我们应该做的。"

男狮子头似乎就等着这句话，对秦老师说："老师，这可是您亲耳听见的，是他们干的。"

"你们四个——"秦老师可不像要表扬他们的样了，"昨天下午放学后，是不是去骑什么车，撞伤了一只狗？"

"没有！"四个人异口同声，"狗不是我们撞伤的！"

"不是你们撞伤的，是谁撞伤的？"

"是……"

四张嘴都争着要说，秦老师喝令马小跳说。

马小跳清清喉咙："唐飞过生日的时候……"

秦老师皱皱眉头："这跟唐飞的生日有什么关系？"

"有关系。"马小跳说，"因为唐飞的一件生日礼物是他的一个叔叔送他的平衡车，我们就找了一条崎岖不平的土路……"

秦老师又听不懂了："为什么要找一条崎岖不平的土路？"

唐飞抢着回答："因为这辆平衡车不是一般的平衡车，是越野型平衡车，只有在崎岖不平的土路上行驶，

才能把它的越野功能完美地体现出来。"

秦老师对越野型平衡车没兴趣，叫马小跳接着讲。

"我们好不容易找到一条能充分显示越野功能的土路，唐飞让张达先骑，张达刚要骑，一辆摩托车冲过来，眼看着唐飞就要被撞了，就在这千钧一发的关键时刻，张达见义勇为，挺身而出……"

"马小跳！"秦老师厉声打断马小跳，"我没工夫听你

编故事!"

"我没有编,这是真的。"马小跳接着往下讲,"唐飞得救了,可这时,我们听见一阵狗的惨叫声,跑过去就看见了躺在地上的金子。"

"是这样吗?"

秦老师那像探照灯一样的目光,从张达的脸上扫到毛超的脸上,又从毛超的脸上扫到唐飞的脸上。

唐飞郑重其事地点头,郑重其事地说:"情况就是这么一个情况。"

男狮子头冷笑一声:"哼——编,真能编!"

"老师!老师!"女狮子头拉着秦老师,"您可千万别听您这几个学生瞎编啊!我家的狗,就是被他们撞伤的。"

"不是!"马小跳他们几个被激得跳起来,奋起反驳,"不是我们撞的!"

"吵什么?吵什么?"女狮子头双手叉腰,"小小年纪不学好,都成了撒谎精了!"

男狮子头对秦老师说:"那条被撞伤的狗,我们已经

放在你们学校的门卫室了，你们看着办吧！"

男狮子头和女狮子头扬长而去。

马小跳也要往外冲，秦老师大喝一声："站住！你要去哪儿？"

"我去看金子！"

"哪儿都不许去！"秦老师对他们四个说，"你们先去上课，我马上通知你们的家长。"

"为什么要通知我们的家长？"

"你们闯了这么大的祸……"

"我们明明是做好事……"

"谁能证明你们是做好事？"

马小跳、唐飞、毛超和张达都把右手举起来："我证明！"

"你们自己证明自己，管用吗？"秦老师厉声道，"都去上课！"

唐飞、毛超和张达都走了，只有马小跳不走。

"马小跳，你还有什么话要说？"

"我觉得还是应该马上送金子去医院。"

"这么说，你承认那条狗是你们撞伤的？"

"不承认。"

秦老师又开始挖马小跳的思想："不想承认，但是骨子里，你又是一个善良的孩子，所以……"

"不是，不是！我只是……"马小跳想要表达的意思是，"对人要……救死扶伤，对狗也……要救死扶伤。"

最终，秦老师没有同意马小跳的请求，马小跳只好回教室上课。那节课是马小跳最喜欢的美术课，教美术课的林老师是马小跳最喜欢的老师，可是，她说的话，马小跳一句都没听进去，因为他满脑子想的都是金子。

马小跳擅自做主

中午放学，马小跳、唐飞、毛超和张达规规矩矩地走在放学的队伍里，过了马路，队伍就可以解散了，可他们几个并没有朝回家的方向走，而是各自回到了学校的门卫室。

"是你们几个闯的祸吧？"穿制服的门卫不分青红皂白，"快快快，快把它弄走吧！"

门卫说的"它"，就是金子。它趴在半扇门上，这是昨天张达在工地上捡来当担架的，马小跳他们就是用

这"担架"抬着金子，把它送回家的。今天，金子的主人又用它把金子抬到学校里来。

"走，去裴帆哥哥的医院！"

四个人抬着"担架"，直奔宠物医院。

刚进医院，马小跳就在过道上大声叫起来："裴帆哥哥！裴帆哥哥！"

一个穿白大褂的帅哥从一间诊室里匆匆跑出来："马小跳，我跟你说过多少次了，这是医院，不能在过道上大呼小叫的。"

"裴帆哥哥，紧急情况！"

"你哪次不是紧急情况？这次又是什么情况？"

"昨天……"

四个人抢着要说，裴帆哥哥已经司空见惯，他们每一次送狗送猫来抢救，四个人总是抢着说。马小跳想象丰富，一说就说远了；毛超说十箩筐话，有九箩筐是废话；张达是个结巴，要听他把话讲完，人早急死了；只有唐飞靠谱点，虽然他讲得懒洋洋的，但至少能让人听明白。

"你们都不许说话!"裴帆哥哥对唐飞说,"你讲!"

唐飞还是那副懒洋洋的模样:"事情是这么一个事情……情况是这么一个情况……"

听完唐飞的讲述,裴帆哥哥说:"你们赶紧回家吃饭,下午还要上学呢!"

"那金子呢?"

"我要给金子做一个全面的检查。"

"好吧!"马小跳说,"我们下午放了学再来。"

下午,马小跳到了班上,就觉得有几个女生看他的眼神有些异常。还有,丁文涛的笑也不正常,笑得意味深长,是那种不怀好意、幸灾乐祸的笑。

唐飞也觉得不对劲:"看他们交头接耳,嘀嘀咕咕,这是什么情况呀?"

"我去问安琪儿。"

马小跳把安琪儿从一堆女孩子中间叫出来:"她们在说什么?"

"她们说你们四个,撞伤了一只狗。"

"谁说的?谁说的?"马小跳扯着嗓子叫喊,但没人

理他。

"虚张声势，欲盖弥彰，有理不在声高……"

"丁文涛，你嘀嘀咕咕在说什么？"

"我说有理不在声高。"

马小跳摆开架势，正想跟丁文涛大干一场，路曼曼出现在他的面前："马小跳，秦老师叫你们四个去办公室。"

马小跳叫上唐飞、张达和毛超，来到秦老师的面前。

"秦老师，我们来啦！"

秦老师戴着老花眼镜，正在批改作业，还像往常一样，貌似漫不经心地问一句："知道我为什么叫你们来吗？"

马小跳说："您想知道门卫室的狗为什么不见了？"

"对呀！"秦老师取下老花眼镜，盯着马小跳的眼睛，"狗到哪儿去了？"

"我们把它送医院了。"

"是你的主意吧？"

马小跳点点头。

"马小跳，你的胆子太大了！你们的家长都还没来，责任还没弄清楚，你怎么可以擅自做主呢？"

见秦老师的脸发红，他们四个都害怕秦老师的血压高上来。毛超赶紧说："秦老师，您别生气，马小跳也是怕……"

秦老师问毛超："怕什么？"

"怕……"

上课铃响了，秦老师让他们先回教室上课。虽然毛超没把话讲完，但秦老师完全相信自己的判断：那条狗就是他们四个撞伤的。

下午四点，马小跳爸爸马天笑先生的秘书罗小姐、唐飞爸爸的司机小王、毛超的妈妈和张达的爸爸准时来到秦老师的面前。

秦老师一看罗小姐和小王，心里就不高兴，脸色很不好看。

"秦老师！"当秘书的罗小姐很会察言观色，"我们厂长本来要亲自来的，可临时有个重要的会议……"

小王也说："秦老师，我们董事长本来也是要亲自来的，可临时来了一个重要的客户……"

"重要？"秦老师问罗秘书和王司机，"有他们的儿子重要吗？"

小王连忙说："儿子重要！儿子重要！"

秦老师不再理罗秘书和小王。她对毛超的妈妈和张达的爸爸说："今天请你们来，是因为你们的儿子闯祸

了！昨天下午，四个孩子骑什么平衡车，把一只金毛犬撞伤了。今天上午，狗的主人找到学校来，把四个孩子都指认出来了。"

毛超的妈妈急问："四个孩子都承认了吗？"

"他们都不承认。但是——"秦老师语气一转，嗓门儿也提高了许多，"事情还没有弄清楚，他们又悄悄地把这只受伤的狗弄到医院里去了。"

"这不等于就承认了吗？"毛超的妈妈咬牙切齿地说，"这几个孩子怎么就那么傻呢？"

"我以为多人的事儿呢，其实，能用钱解决的事儿，都不叫事儿。"小王虽然是唐飞爸爸的司机，可说话的口气比唐飞的爸还大，"不就是分摊医药费吗？该多少就多少，我们照付。"

罗秘书附和道："我同意！"

"我不同意！"毛超的妈妈说，"这不是钱的问题，这是责任的问题。虽然四个孩子都参与了，但是，谁撞伤这条狗，医药费就应该由谁来负担，您说是不是？"

毛超的妈妈问的是张达的爸爸，张达的爸爸一愣：

"啊？是！是谁撞伤的？"

"现在还不清楚。"秦老师并不赞同毛超妈妈的说法，"我看这样吧，马小跳和唐飞的家长今天也没来，那只受伤的狗目前的情况也不清楚，今天请你们来，就是想让你们先有个思想准备。"

金子需要做手术

整个下午，马小跳都心神不定，他就盼着放学，然后去裴帆哥哥的宠物医院。

揣摩马小跳的心理活动，是路曼曼最大的兴趣爱好。她见放学的铃声刚响起，马小跳已把书包背在背上了，便说:"马小跳，我知道你放学要去哪里。"

马小跳没心思搭理路曼曼，也没心思跟她吵架。

"你们要去看那只被你们撞伤的狗……"

"造谣可耻!"马小跳跳起来，"路曼曼，我再跟你

说一遍：金子不是我们撞伤的！"

"不是你们撞伤的，为什么你们要把那只狗偷偷地弄到医院里去？"

"心里有鬼！"

"不敢承认！"

班上的男生女生都围过来，发出的声音一边倒，对马小跳很不利，马小跳顿时感到无比孤立。幸好这时唐飞、张达和毛超过来了，跟马小跳站在一起。唐飞对路曼曼说："随便你怎么诬蔑我们，我们是面不改色心不跳，好男不跟女斗！"

在去医院的路上，马小跳还气呼呼的："为什么所有的人都认为金子是我们撞伤的？"

"也不是所有的人，有两个人除外。"

马小跳问唐飞："哪两个人？我怎么不知道？"

唐飞一脸坏笑："一个是你的忠实粉丝，一个——你是她的忠实粉丝。"

唐飞不说名字，大伙儿也知道他说的是安琪儿和夏林果。马小跳在乎的不是安琪儿，因为她无比崇拜马小

跳，无论马小跳发生什么事，她都无条件地站在马小跳这一边。马小跳在乎的是夏林果。

"你们有没有发现，刚才，夏林果看马小跳的眼神有点……有点……我也形容不出来。毛超，你来形容……"

"我也形容不出来，反正跟别人的眼光不一样。唉……"

"毛超，你叹什么气呀？"

"我们现在是跳进黄河也洗不清了。"毛超说，"如果不把金子送进医院，我们也许还说得清楚。"

"毛超，你说金子的生命重要，还是'说得清楚'重要？"

眼看着毛超和马小跳就要吵起来，张达马上横在他俩的中间："大家都是……好……哥儿们……"

四个人中，从来都是毛超当和事佬，这次轮到唐飞来当了："大难临头，好哥儿们要有难同当！"

"对……"张达旗帜鲜明，"不要……抱怨……一起来扛……"

　　四个人勾肩搭背地来到裴帆哥哥的宠物医院，裴帆哥哥在他的诊室接待了他们。

　　"裴帆哥哥，金子是个什么情况？"

　　裴帆哥哥从一个牛皮纸袋里拿出一张胶片："这是刚给金子拍的片子，它的左后腿韧带断裂，需要手术，给它换一条人造韧带。"

　　"啊？"

　　"还有——"裴帆哥哥接着说，"金子患有肾结石，它已经尿血好长时间了，也需要马上治疗。"

　　"啊？"

　　"这需要很大一笔治疗费用。所以马小跳，还有你们几个，要尽快通知金子的主人到医院来。"

　　从医院出来，马小跳他们直奔金子的家。

　　男狮子头和女狮子头都在家。他们开门一看是马小跳他们，警觉地问道："你们来干什么？"

　　"我们来告诉你们——"马小跳尽量把自己装得像个大人，"我们把金子送医院了，金子左后腿的韧带断了，需要马上做手术。"

"我们不管。"女狮子头双手叉腰,"是你们把金子撞伤的,就应该你们管。"

"不是我们撞伤的!"

"不是你们撞伤的,你们会把金子送到医院去?"男狮子头揶揄道,"你们几个在你们老师的眼中,可不算什么好孩子。"

毛超特别正经地说:"我们秦老师前几天还表扬我们几个是好孩子呢!"

男狮子头忍不住笑了,露出被烟熏黑的牙齿:"说给我听听,你们好在哪里?"

毛超说:"马小跳很诚实,从来不撒谎;唐飞很善良,

他平时小气，但关键时刻不小气；张达特有正义感，他会跆拳道，该出手时就出手；我嘛，他们三个身上的优点，我都有。"

男狮子头突然有些紧张："你刚才说，谁会跆拳道？"

"我……"

张达往男狮子头跟前一站。虽然他的个头与男狮子头一般高，但身板儿比男狮子头壮实多了，顿时让男狮子头望而生畏。

"天不早了，快回去吧！"男狮子头关门的时候，朝马小跳他们吼道，"不许再来烦我们！"

门砰的一声关上了。

"开门！"马小跳拍着门，"还有一个情况要告诉你们。"

马小跳想要弄清楚，男狮子头和女狮子头知不知道，金子患肾结石，已经尿血很长时间了。但是，那门再也敲不开了。

"我们明天再来！"

四个人下了楼，走到小区门口，跟守门的邓大爷说

再见:"邓大爷,明儿见!"

邓大爷问:"你们明天还来啊?"

"我们想告诉金子的主人,金子患肾结石,尿血很长时间了。"

"你们不用再来了。"邓大爷左右看看,然后悄悄地说,"他们知道的。有好几次,他们说带金子去看病,回来时却说金子丢了,可没几天,金子自己又回来了。你们明白了吧?"

马小跳点着头:"我有点明白了。"

唐飞、张达和毛超也似懂非懂地说:"有点明白了。"

"明白就好,明白就好,我可什么都没说。"邓大爷马上转换话题,"金子现在怎么样了?"

"我们把它送进医院了。"马小跳说,"它左后腿韧带断了,需要手术。"

"至少要花几大千,你们哪来那么多的钱?唉,你们的爹妈摊上你们这几个孩子,真不省心。"

"邓大爷,您也认为金子是我们撞伤的?"

"难道不是你们撞伤的?"邓大爷有根有据地说,"你

们把受伤的金子送回家，又把金子送医院……你们又不傻……"

"难道我们就不能做好事吗？"

"你们？"邓大爷摇摇头，"我实话实说，你们几个，还真不像是会做好事的孩子。"

"邓大爷，您什么眼神啊？您给我们讲讲，会做好事的孩子是什么样子的？"

"反正不是你们这个样子。"邓大爷像赶一群鸭子，"该回家了！该回家了！"

四个人垂头丧气地走在回家的路上，心里有些悲凉：连和善的邓大爷都不相信他们会做好事，可想而知……还不知道他们回家后，家里人会是一个什么样的态度。

马小跳最在乎的那个人

马小跳回到家里，餐桌上已摆好了晚饭，马天笑先生和宝贝儿妈妈看见他进来，都做沉默状，也不像往日那样要问一声"怎么回来得这么晚"，两人的脸上都带着一点讨好的笑。马小跳依以往的经验来看，在这种"讨好他的笑"之后，有一场严肃的谈话在等着他。

"马小跳，今天罗秘书去你们学校了……"

"老爸！宝贝儿妈妈！"马小跳打断马天笑先生的话，特别严肃地问他们，"你们相信我吗？"

"马小跳，你干吗这么严肃啊？"马天笑先生干笑两声，"突然问这么个问题……"

"马小跳，我相信你，你说的每一句话，我都相信。你从来不撒谎，就是闯了祸，你也马上就会承认。"

宝贝儿妈妈的这番话，让马小跳有了想哭的感觉："我们真的没闯祸，我们是做好事。"

听完马小跳的讲述，马天笑先生拍拍马小跳的肩膀："儿子，不管别人怎么看，怎么想，我和你的宝贝儿妈妈相信你们是在做好事。"

"为什么其他的人不能像你们那样相信我呢？"

"因为你是我们的儿子，我们了解你呀！"

"我擅自决定将金子送进医院，你们也不怪我？"

"我们怎么会怪你呢？"宝贝儿妈妈说，"你是那么善良的孩子，你不这样做就不是马小跳了。"

"你们不怪我就好。"马小跳请求道，"你们能不能预支一年的零花钱给我？"

"是给金子付医药费吗？"马天笑说，"你一年的零花钱也不够呀！"

"我把压岁钱也全部拿出来。我再去动员唐飞，他的零花钱和压岁钱比我还多。"

第二天在学校，马小跳他们四个碰在一起互相打听大人们对金子这件事情的态度。

马小跳说："我老爸和宝贝儿妈妈绝对相信金子不是我们撞伤的，他们也支持我把零花钱和压岁钱拿出来给金子付手术费。唐飞，你呢?"

"马小跳，我太羡慕你了!"唐飞说，"我爸妈对我半信半疑。他们说如果金子是我们撞伤的，OK，没问题，医药费该怎么付就怎么付;如果金子不是我们撞伤的，一分钱也不能付。"

张达说："……我爸妈……也是……这意思……"

毛超说："我妈说，我们是自己给自己添堵，还说谁把金子送到医院去的，谁付医药费。"

唐飞说："你妈的意思是愿意付医药费，因为送金子去医院，你也去了。"

"我妈不是这个意思。"毛超急了，"我妈的意思是谁出的主意去医院，谁付医药费。"

"我明白了。"马小跳说，"你妈的意思是医药费应该由我付。"

"……不……公平……"

毛超赶紧声明："这是我妈的意思，不是我的意思。"

"放心吧，马小跳！"唐飞拍着马小跳的肩膀，"金子的事儿，就是我们的事儿。好哥儿们就要有难同当，有福共享。我也把我的零花钱贡献出来。"

马小跳逼问唐飞："还有你的压岁钱呢？"

"我的压岁钱都已经花了差不多一半了。好吧，我把剩下的都贡献出来。"

张达说："我……也贡献……"

"毛超，你呢？"

"我有一个锦囊妙计要贡献。"

唐飞嘲笑道："你的所谓锦囊妙计跟馊主意基本上是同义词。"

毛超不理唐飞："我们几个的钱加起来肯定还是不够。这时候，我就想起一个人来，她一定也会把她的零花钱和压岁钱捐献出来。"

"快说，这个人是谁？"

毛超朝马小跳意味深长地笑："这个人就是马小跳的铁杆粉丝安琪儿。"

马小跳最讨厌拿安琪儿说事儿，可今天因为金子，他没跟毛超计较："好吧，我去找安琪儿说说。"

中午放学，马小跳走在安琪儿的身边，安琪儿都不敢相信这是真的，他们虽然是邻居，但马小跳从来不主动跟安琪儿走在一起。

"安琪儿，我要跟你说一件很重要的事。"

安琪儿激动地说："马小跳，不管是重要的事还是不重要的事，我都愿意为你去做。"

话都说到这份上了，马小跳干脆直奔主题："你愿不愿意把你的零花钱和压岁钱都拿出来，给金子做医药费？"

安琪儿几乎想都不想："我愿意！"

安琪儿很难得同马小跳一起回家，觉得有好多好多话要跟马小跳讲，因为激动，竟不知从哪儿讲起。马小跳本来应该对安琪儿说些感谢的话，但就是说不出口，他只好在心里想象：如果这时候有谁欺负安琪儿，他一定会挺身而出保护她；或者这时候，他和安琪儿共处于一个困境中，没有饭吃，没有水喝，只有一个救命的苹果，他一定会把这个救命的苹果留给安琪儿吃。

安琪儿见马小跳不说话，便没话找话："马小跳，你知道吗？夏林果和路曼曼互相都不搭理了。"

马小跳说："她们互相不搭理跟我有什么相干？"

"我觉得相干。夏林果说她相信你们说的话，你们就是做好事，金子不是你们撞伤的；路曼曼偏要说金子就是你们撞伤的，还说你们四个都是说谎大王……"

马小跳才不在乎路曼曼说他们的那些话，他只在乎

夏林果:"夏林果真的说了她相信我?"

"真的说了,我亲耳听见的。不过——"安琪儿纠正道,"不是你一个人,是你们四个人哦……"

安琪儿再说什么,马小跳已经听不进去了。他心潮澎湃,不知为什么,他越来越在乎他在一个人心目中的形象。就算全世界都不相信他也无所谓,只要他最在乎的这个人相信就够了。

这个人,就是夏林果。

狗也像人一样会哭

马小跳、唐飞、张达和毛超，加上安琪儿，他们所有的零花钱和压岁钱加起来一共有一千八百多元，他们今天要把钱给裴帆哥哥送去。

下午上学的路上，马小跳遇上了夏林果，本来夏林果走在他后面的，是她主动追上来的。

"马小跳，等等我！"

马小跳心里一阵狂跳，他放慢了脚步，眼睛却不敢看夏林果。

　　"马小跳，我听安琪儿说你们今天下午要去裴帆哥哥的宠物医院，我想跟你们去，可以吗？"

　　"怎么不可以？太可以啦！"马小跳激动不已，"这么说夏林果，你是相信金子不是我们撞伤的？"

　　夏林果突然跳到马小跳的面前："你敢看着我的眼睛说金子不是你们撞伤的吗？"

　　马小跳低下头："我能不能不看你的眼睛？我向你发誓行不行？"

　　马小跳不是不敢看夏林果的眼睛，他是怕看着她的眼睛时，脸会红。马小跳举起右手的两个手指头，向夏林果发了誓。

　　"好吧马小跳，我相信你，你就是不发誓，我也相信你，因为，你从来不撒谎。"

马小跳鼻子一酸，他使劲忍住才没有让眼泪流下来：只要夏林果相信他，即使全世界不相信他，他都无所谓。

一路上，他们都没再说什么话。在学校门口，他们遇见了丁文涛。

"我老远就看见你们了。"丁文涛假装同情马小跳，"夏林果怎么一句话都不跟你讲?"

"不讲就不讲，跟你有什么相干?"

"狗咬吕洞宾，不识好人心。竹篮打水一场空。癞蛤蟆想吃天鹅肉。不撞南墙不回头。人贵有自知之明……"

夏林果捂住了耳朵，马小跳愤怒地大吼一声："丁文涛，不许说成语!"

夏林果说话了："丁文涛，是我主动找马小跳说话的。"

"我怎么没看见?"

夏林果不跟他废话，优雅地迈着她那跳芭蕾舞的步子，走进了学校。

下午放学，路曼曼突然对夏林果说："我们和好吧。"

路曼曼要和夏林果同路回家，夏林果说她要和马小跳他们去医院看金子。

"金子就是马小跳他们撞伤的那只狗吗？"

"那只狗不是马小跳他们撞伤的。"

"不是他们撞伤的，为什么那只狗的主人都找到学校里来了？连秦老师都说那只狗是他们撞伤的，还把他们家长都请到学校来，商量赔医药费的事。"

夏林果坚决地说："不是马小跳他们撞伤的。"

"你怎么那么肯定？"

"马小跳也许有一百个缺点，一万个缺点，但是，他有一个优点就是：从来不撒谎。所以我相信他。"

路曼曼知道她拗不过夏林果。夏林果是金牛座加A型血，做事情想问题都是一根筋。她的兴趣爱好很少，从五岁开始跳芭蕾舞，一跳就是好几年，现在已经跳到她那个年龄段的最高级，成为当之无愧的佼佼者。她之所以是学校的大队长，也是因为她是芭蕾明星，在全校的知名度高才被选上的，但她对学校、对班上的事并不

怎么关心，现在怎么对马小跳他们关心起来了？

夏林果和安琪儿跟着马小跳他们来到裴帆哥哥的宠物医院。裴帆哥哥将他们带到金子的病房里，金子躺在病床上，它还输着液，那条受伤的后腿缠满了白色的绷带。

马小跳问："金子腿上的伤什么时候能好呀？"

"跟人一样，伤筋动骨一百天。"裴帆哥哥说，"再过几天，金子就要出院了，你们赶紧通知金子的主人，到时候来接它出院。"

唐飞问："不能在医院里住满一百天才走吗？"

裴帆哥哥很为难："现在医院里病床太紧张了……"

"裴帆哥哥，你放心吧！过几天我们会把金子接走的。"马小跳从裤兜里掏出一把钱来，"这是金子的手术费，还不够，你先收着，我们会补齐的。"

"你们找到金子的主人了？"裴帆哥哥说，"正好，金子的肾结石不能再拖了，得赶紧治疗。"

"可是……"

马小跳知道毛超要说什么。他已经给裴帆哥哥带来

过太多的麻烦，不能再给裴帆哥哥增加负担了。

"裴帆哥哥!"马小跳打断毛超的话，"金子的肾结石也要治，医药费没有问题。"

裴帆哥哥离开了病房，他们这才围在金子的病床边。

"金子在向我们打招呼呢!"

张达问安琪儿:"你……怎么知……道的?"

"你看它的尾巴，虽躺在病床上，还使劲地在摇呢!"

"人用嘴巴说话，狗用尾巴说话。"毛超又开始卖弄起来，"你们听说过狗的尾语吗？我来给你们讲讲……"

"它的眼睛才会说话呢!"夏林果趴在金子床边，跟金子脸对脸，眼睛对眼睛，"金子好像在告诉我:我们认识了很久很久……"

"我来! 我来!"唐飞跟金子脸对脸，眼睛对眼睛，"金子好像在对我说:哥儿们，认识你们，我要走运啦!"

"让我来!"毛超跟金子脸对脸，眼睛对眼睛，"金子好像在对我说:哥儿们，谢谢你们救了我!"

"我……来……"张达跟金子脸对脸，眼睛对眼睛，"缘……分哪！"

"该我啦！"马小跳跟金子脸对脸，眼睛对眼睛，"哥儿们，你的腿会好起来的，你的肾结石也会好起来的。我们走了，明天再来看你！"

"还有我！"安琪儿跟金子脸对脸，眼睛对眼睛，"啊，金子哭了！"

"狗会哭？"

"狗当然会哭！"夏林果说，"人有喜怒哀乐，狗也有喜怒哀乐。人会哭，狗也会哭。"

四个男生和两个女生挤在床边看金子——金子那双像黑宝石一样的眼睛里，果然流下了两颗晶莹的泪珠。

绝不抛弃

　　以前下课铃一响，马小跳他们几个总是冲下楼去，抢占乒乓球桌。多数时候，乒乓球桌都是被高年级的男生占领了，他们也不怕，和高年级男生斗智斗勇，最终能把乒乓球桌夺回来，而这时，10 分钟的下课时间也快到了，谁和谁打呢？马小跳他们几个又开始争，争来争去，上课铃响了，谁也没打成，他们又一窝蜂地上楼，坐到教室里上课。

　　这些日子下课铃响了，马小跳他们再也没心思抢占

乒乓球桌了，都是一副愁眉苦脸的样子，他们在为金子的医药费发愁呢。

"马小跳，你可真是满嘴跑火车呀！"唐飞抱怨道，"我们几个，还有人家安琪儿，把所有的零花钱、所有的压岁钱都贡献出来了，都不够金子的手术费，你还说要给金子治肾结石，你说，钱在哪儿呢？"

"就是，钱钱钱，命相连。"毛超向马小跳摊开两手，"钱在哪里？"

"再……找那……男……女……"

张达这种不明不白的话，只有他们几个能听明白。

"唉——"唐飞长长地叹了气，"死马当活马医，再去碰碰运气吧！"

下午放学，马小跳他们几个又要去找

男狮子头和女狮子头，刚走到他们住的小区门口，就被守门的邓大爷拦住了："站住，你们不能进去！"

"为什么我们不能进去？我们进去找……"

"我知道你们要找金子的主人。我告诉你们，就是他们不让我放你们进去的。"

"他们不让我们进去，您就不让我们进去呀？"

"那是肯定的。"邓大爷的态度十分坚决，"业主给我发工资，我当然得听业主的。"

毛超的嘴甜："邓大爷，我们特别佩服您的敬业精神，您听业主的没错，我们就进去告诉他们一声，金子……"

邓大爷打断毛超的话："如果是说金子的事，我劝你们还是赶紧走吧，以后也不要来了。"

"为什么？"

邓大爷把头伸出门卫室外，左看看，右瞧瞧，把声音压得很低很低："你们是不是想来向金子的主人要金子的医药费？我告诉你们，想都别想。金子患肾结石有好些日子了，经常尿血，我都看见过好多次，还好心地提

醒他们，要把金子带去治病，可是……"

"可是什么？快说呀！"

邓大爷又把头伸出门卫室外，左看看，右瞧瞧，摇着头："不说了！不说了！"

"邓大爷，您太不够意思了！"唐飞说，"话说一半又不说了，我们今天只好不走了。"

"别别别！"邓大爷双手抱拳，给他们作揖，"求求你们这几个小祖宗，你们还是快走吧！"

张达干脆坐在邓大爷的座椅上："不说……就……不走……"

"唉，我算是服了你们了。不过，我跟你们说了，你们可别说是我说的。"

马小跳他们几个都保证：打死也不说！

邓大爷将头伸出门卫室外，左看看，右瞧瞧，把声音压得低低的："他们知道金子患肾结石，不愿花钱给金子治病，就常常把金子带出去扔了……"

"啊？"马小跳简直不相信自己的耳朵，"天下居然有这么残忍的人！"

邓大爷接着讲道："可是，扔了几次，金子都自己找回来了。上次金子被你们撞伤，就是又一次被他们带出去扔了，它自己在找回来的路上，被你们……"

"邓大爷，我再一次向您郑重声明——"毛超说，"金子不是我们撞伤的。"

邓大爷说："不管是不是你们撞伤的，反正他们现在是赖上你们啦！"

"我怀疑他们的心根本不是肉长的。"马小跳困惑不解，"难道他们和金子一点感情都没有？"

"金子是只小狗的时候，他们夫妇俩也是喜欢的。可现在金子老了，身体又有病，他们就开始嫌弃它了。"

"金子几岁了？"

"我算算。"邓大爷扳着手指头算了算，"金子今年也有15岁了，据说狗的1岁相当于人的7岁，你们算一算，金子今年多少岁了？"

唐飞的心算最好："105岁。"

"105岁，比我的岁数还大，我都要叫它一声'大爷'喽。"

100 岁的老人被尊称为"寿星"。人都有老的一天，一个 105 岁的老人值得尊敬和爱护，跟 105 岁的老人一样老的狗，也是值得尊敬和爱护的。

"我们走吧！"马小跳对邓大爷说，"我们不会再来了。"

如果说在来之前，马小跳他们几个还对金子的主人心存一丝丝希望，听了邓大爷的一番话，他们彻底地绝望了。

回家的路上，每个人的心情都很沉重。

马小跳说："既然金子的主人不再爱它了，金子从今往后跟他们一刀两断，由我们来爱它。"

"金子是可怜，可谁来可怜可怜我们？"毛超本来就长一副可怜相，现在更可怜了，"我们又没挣钱，金子还欠那么多医药费怎么办？"

"毛超，每次遇到什么事，你都哭兮兮的，你还算是一个男人吗？"

"我是觉得我们太亏了！"毛超还是哭兮兮的，"我们不仅要付金子的医药费，还得背一个撞伤金子的罪名，

如果老天爷有眼，他就应该帮我们把那个撞伤金子的人揪出来。"

"求老天爷是没用的，就看那个人会不会良心发现。"

"也别指望那个人的良心了，我们还是靠自己吧！"马小跳说，"我觉得我们今天没有白来，至少让我们心里有底了，就是金子的主人，根本指望不上了，我们要当他们是空气不存在。金子只有靠我们自己了。"

"靠我们自己有什么用？我们又没有挣钱。"

"钱！钱！钱！"唐飞不耐烦了，"毛超，你能不能不说钱呀？"

"你们家有那么多钱……"

"毛超，你闭嘴！"马小跳禁止毛超再说下去，"唐飞家的钱是唐飞家的，金子是我们大家的，从今以后，我们要对金子负责任，它的主人可以抛弃它，我们绝不抛弃它。毛超，如果你不想对金子负责任，我们就抛弃你。"

毛超急了："你们几个想抛弃我，门儿都没有！"

这就是夏林果

夏林果是学校的大队长，基本上不管班上中队委的事。路曼曼是中队长，中队委要开会，都是路曼曼通知夏林果参加。突然，夏林果要召集中队委开会，因为路曼曼已经跟夏林果互相不搭理，所以她让丁文涛先去夏林果那里打探消息。

"为什么要我去？"丁文涛嘴里又开始冒成语泡泡，"你们俩情投意合，珠联璧合，天衣无缝，固若金汤，牢不可破……"

"什么呀!"路曼曼没好气地,"我和夏林果分道扬镳了!"

丁文涛托一下掉在鼻尖上的眼镜:"闻所未闻,为什么呀?"

"还不是为了马小跳。"路曼曼说,"连秦老师都相信那只狗是马小跳他们撞伤的,夏林果偏偏相信马小跳。"

"夏林果什么都好,就是在马小跳的事情上,容易鬼迷心窍。"

在丁文涛的心目中,如果要给路曼曼和夏林果打分,那么,路曼曼顶多打个60分,夏林果95分。而夏林果被扣掉的这5分,不是夏林果自身的原因,而是因为夏林果对马小跳太好了。

丁文涛不得不承认,在班上他最嫉妒的人是马小跳,这让他很没面子,因为他认为马小跳的方方面面完全不能和他相提并论,但在夏林果的心目中,马小跳的地位显然是高于他的。这是为什么呢?这个问题一直困扰着丁文涛,他想过一千遍、一万遍,始终没想通。

丁文涛找到夏林果："自从盘古开天地，开天辟地第一回……"

夏林果捂住耳朵："丁文涛，跟我说话不许讲成语！"

"好好好，不讲就不讲。"丁文涛甘拜下风，"我就是好奇，你召集开中队委会，能先给我透露一下内容吗？"

"是路曼曼派你来的吧？"夏林果警惕地说，"无可奉告。"

一句话就让丁文涛走到了尽头。丁文涛不甘心，他要抓住这个向夏林果表忠心的机会："我知道你和路曼曼闹掰了，我是坚定不移、始终不渝、视死如归……"

丁文涛见夏林果又要捂耳朵，只得好好说话："我是百分之一百地站在你这一边。"

夏林果追问道："在今天的中队委会上，无论我说什么，你都会站在我这一边？"

丁文涛信誓旦旦："君子一言，驷马难追！"

夏林果伸出小拇指，要跟丁文涛拉钩。丁文涛受宠若惊，钩住夏林果的小拇指不放。

　　往常开中队委会，路曼曼和夏林果总是挨着坐在一起，而今天的中队委会，夏林果坐一边，路曼曼坐另一边，丁文涛和其他几个中队委都不偏不倚坐在她们中间的座位上。

　　路曼曼是中队长，平时开中队委会都是她主持，看她今天的样子，一点要上去主持的意思也没有，中队委们都感觉到了她和夏林果之间的一股火药味儿。

　　夏林果捧着一个小纸箱上台了。小纸箱的一面，贴着金子的一张头像，这是夏林果在医院用手机拍下的，小纸箱是安琪儿和黄菊一起做的。

　　夏林果从小跳芭蕾舞，善于用舞蹈语言来表达，不善于用口头语言来表达。她一手举着小纸箱，一手指着金子的头像，说话不是那么有条理："这只可爱的狗叫金子，它很可怜，它被撞伤了，一条腿刚做了手术，它还患有肾结石，经常尿血，它的主人把它抛弃了。现在，马小跳、唐飞、张达和毛超，还有安琪儿，捐出了他们的零花钱和压岁钱，但还是不够金子的医药费。今天，我也捐出我的零花钱和压岁钱。"

　　夏林果从书包里掏出一把钱，有100元的，有50元的，有20元和10元的，也有5元和1元的，都放进了小纸箱里。

　　"我希望，你们也给全班同学起个带头作用，让我们一起来救金子吧！"

　　"我反对！"夏林果的话音刚落，路曼曼"噌"地站起来，"这只狗是马小跳他们几个骑平衡车撞伤的，凭什

么要我们捐款来付它的医药费？你说是不是，丁文涛？"

　　路曼曼知道丁文涛不喜欢马小跳，所以她自信丁文涛是她最有力的支持者。丁文涛想说"是"，可他之前答应过夏林果，会无条件地站在夏林果一边，还跟人家拉了钩，所以这时候，丁文涛只好装头痛。

　　"金子不是马小跳他们撞伤的。"

　　"你怎么就那么肯定金子不是马小跳他们几个撞伤的？不是他们撞伤的，他们为什么会把金子送进医院？"

　　路曼曼伶牙俐齿，说话又有条理，夏林果根本不是她的对手。路曼曼的话语还有很强的煽动性，其他几个中队委都表态了。

　　"不是他们撞伤的，金子的主人为什么把金子抬到我们学校里来？"

　　"而且，一来就找到马小跳他们四个，为什么不找别人呢？"

　　"秦老师都请他们几个的家长来了，肯定是他们撞伤的。"

　　"如果我们给金子捐款，就等于是我们在为马小跳

他们几个犯下的错误埋单。"

丁文涛趴在桌上，这些话都是他想说的，句句说在他的心坎儿上。路曼曼见中队委几乎都一边倒在她这一边，便说："我们举手表决吧，同意给金子捐款的举手！"

只有夏林果把手高高地举起来。

丁文涛知道夏林果在看他，却趴在桌上有气无力地说："我头痛，手举不起来……心有余而力不足……"

路曼曼得意地望着夏林果，在心里说：你输了！我赢了！

夏林果抱起那个贴着金子头像的小纸箱，像往常一样，微微抬起下巴，眼睛平视前方，迈着芭蕾舞的八字步，旁若无人地消失在几个中队委的视线里。

猫和狗同住秘密山洞

　　裴帆哥哥给金子做的人造韧带的手术非常成功，马小跳他们几个去接金子出院，还是用张达在工地上捡的那半扇门：当时就是用它把金子抬回家的，金子的主人又用它把金子抬到学校里来，后来马小跳他们几个又用它把金子抬到医院里来，现在还是用它，马小跳他们要把金子抬到翠湖公园的秘密山洞里。

　　金子的肾结石是慢性病，还得继续治疗，裴帆哥哥给金子开了许多药，反复叮嘱道："伤筋动骨一百天，金

子一定要静养，不要让它乱动，要定期过来复查……"

马小跳为裴帆哥哥带来过太多太多的麻烦，每一次，马小跳都有千言万语，要表达他对裴帆哥哥的感谢，但每一次，千言万语都不知道从哪一句讲起。

这一次，马小跳恭恭敬敬地向裴帆哥哥鞠了一躬，说："裴帆哥哥，你说的每一句话，我们都牢牢地记住了。你给金子垫付的手术费、医药费，我们也一定会慢慢还给你的。"

裴帆哥哥笑了："这就不用了。"

"不，一定要还的。"马小跳郑重其事地握住裴帆哥哥的手，"请你一定要对我们有信心，不要当我们是小孩子。"

裴帆哥哥哈哈大笑："你们不是小孩子，是什么？"

"我们是男人！"唐飞郑重其事地握住裴帆哥哥的另一只手，"请你把我们当男人。"

"好吧好吧，我把你们当男人。"裴帆哥哥拍拍他们的肩膀，"男人是要有担当的，记住你们对我的承诺：照顾好金子。"

马小跳从家里带来两条浴巾，一条铺在那半扇门上，让金子躺在上面舒服一些；一条盖在金子的身上，让金子暖和一些。四个人抬着金子向翠湖公园走去，他们准备将金子安顿在翠湖公园的秘密山洞里。

"我们就这样把金子弄到秘密山洞去，是不是有点太突然？"唐飞自言自语地，"我想来想去，我们还是应该把表妹也叫来。"

唐飞说的表妹，就是马小跳的表妹杜真子。

马小跳心里提防着唐飞："叫她来干什么？"

"叫她去跟笑猫和虎皮猫说说呀！"唐飞说，"猫和狗虽然不是冤家，但毕竟不是一家啊！现在让猫和狗同居一室，万一笑猫和虎皮猫不同意呢？"

"唐飞说的也有点道理。"毛超说，"笑猫能听懂杜真子说的话，让杜真子先跟它说说。"

杜真子的家离翠湖公园不远，张达的飞毛腿几分钟就能跑到。他们先把金子抬到翠湖公园的梅园里（不是严冬蜡梅花开的时候，梅园里没有游人），等张达去把杜真子叫来。

半小时以后，张达带着杜真子飞跑而来。杜真子累得上气不接下气："你们找我来干什么？"

"张达没跟你讲吗？"

"他说'十万火急'。我再问什么事情十万火急，他就急得讲不出来了。"

"他讲不出来才是正常的，他要讲得出来，就不正常了。"唐飞挤到杜真子的身边，"表妹，你听我给你讲……"

唐飞以"事情是这么一个事情"开始，从他的生日礼物越野型平衡车讲起，讲到他们做好事受冤枉，背着骂名一如既往地救金子，一直讲到现在金子被抬到了翠湖公园，就等杜真子去做通笑猫和虎皮猫的思想工作了。最后，唐飞忘不了用"情况就是这么一个情况"作为结束语。

"好吧，你们先在这里等着，我去跟笑猫说说！"杜真子从张达手上接过一个纸袋，"把猫粮给我！"

"等等！"马小跳叫住杜真子，递给她一个塑料袋，"我还给笑猫带了樱桃番茄。"

杜真子拎着猫粮和樱桃番茄，朝笑猫和虎皮猫住的

秘密山洞跑去。

过了一会儿，杜真子回到梅园："我已经跟笑猫和虎皮猫说好了，我们现在就把金子抬到秘密山洞去！"

四个人抬起那用半扇门做的担架，杜真子俯身看金子："啊，我怎么会有这样的感觉？"

"杜真子，你别这么一惊一乍的。"马小跳仗着他是杜真子的表哥，不放过任何一个教训杜真子的机会，"你不能淑女一点吗？"

杜真子不理马小跳，自己说自己的："我虽然是第一次见金子，可感觉像认识了好久好久。这会不会是前世有缘？"

马小跳说："你这种感觉，我们都有。我们都跟金子前世有缘。"

金子被抬进了秘密山洞，笑猫和虎皮猫表现得十分友好。杜真子将金子正式地介绍给笑猫和虎皮猫："这只金毛犬的名字叫金子。"

笑猫的脸上，露出它最动人的招牌微笑。躺在担架上的金子，努力地向笑猫和虎皮猫摇着尾巴。这情形让

马小跳他们很开心："呵呵，它们互相都有好感。"

杜真子继续给笑猫讲道："金子的一条腿受伤了，伤筋动骨一百天，它要暂时借住秘密山洞里，你们要好好地照顾它哦！不能让它乱动，只能静养，它的伤就好得快，明白吗？"

笑猫微笑着点头。

"啊，笑猫真的能听懂杜真子说的话！"

　　"如果笑猫能说人话就好了。"毛超想入非非，"这样，我就可以和笑猫聊天了，你们都嫌我废话多，笑猫绝对不会嫌弃我，是不是，笑猫？"

　　笑猫不理毛超，嘴贴在虎皮猫的耳边，发出轻微的咕噜声。杜真子解释道："笑猫能听懂人话，虎皮猫听不懂，笑猫在把我们说的话翻译给虎皮猫听。"

　　"哦，还有一件很重要的事情，你要讲给笑猫听。"马小跳从裤兜里掏出一包药，对杜真子说，"金子还有一种病叫肾结石，以前就经常尿血，这是治肾结石的药，一天吃三次，一次吃一片……"

　　"好，我来跟笑猫说说。"杜真子拿着一片治肾结石的药，对笑猫说，"每天，太阳出来的时候，你给金子吃一片；中午，太阳升到头顶的时候，你再给金了吃一片；傍晚，太阳落山的时候，你再给金了吃一片……"

　　唐飞又不耐烦了："哎呀，说这么多，人都记不住，猫哪记得住？"

　　"这样吧——"马小跳做了决定，"金子的三顿饭和三次药，还是由我们来喂吧！"

金子的一日三餐

马小跳他们四个分组分工：马小跳和张达一组，负责每周一、三、五去秘密山洞给金子喂早餐、中餐、晚餐，还要喂早中晚三次药；唐飞和毛超一组，负责每周二、四、六去秘密山洞给金子喂早餐、中餐、晚餐，还要喂早中晚三次药。周末的星期天，就留给了杜真子。

周一的早晨，马小跳比平时早起了半个小时，坐在马桶上也不翻漫画书了，至少节约了一刻钟；在餐桌上，也不像往常那样，一口牛奶一口三明治，而是咕咚

咕咚一口气喝光一杯牛奶，抓起一个三明治就出了门，这样至少又节约了一刻钟。

面对马天笑先生和宝贝儿妈妈无比惊诧的表情，马小跳的解释是：今天他是值日生。

"好，好！有责任感！"马天笑先生对马小跳赞赏不已，"男人的责任感，就是从小这样一点一点建立起来的。"

马小跳趁热打铁："在这一百天里，每周的一、三、五，我都是值日生。"

宝贝儿妈妈的头都晕了："为什么是一百天？为什么是每周的一、三、五？"

马天笑先生才不管那么多，他对马小跳就一句话："儿子，不要说每周一、三、五，就是再加上二、四、六，我们也支持你！"

马小跳一路跑，一路啃着三明治，他想赶在张达之前，跑到翠湖公园的秘密山洞。

到了秘密山洞，张达已经在那里了，马小跳心里不得不服气：毕竟人家是敢和汽车赛跑的飞毛腿嘛。

张达已经给金子喂了狗粮，正在给金子清理它拉的屎尿。

马小跳问张达："你给金子喂药了吗？"

"混……狗粮……里……"

马小跳已经习惯了张达的结巴，他明白张达把药搅拌进狗粮里喂金子了。

马小跳去看盛狗粮的盘子，棕色的狗粮被金子吃得精光，盘子里还剩一粒白色的东西——金子也知道药不好吃。

"它不吃……怎么……办……"

"看我的！"

马小跳还剩最后一口三明治没吃，他把那粒白色的药片塞进面包里，送到金子的嘴边，金子一口就吃了下去。

马小跳和张达要去学校了，临走时，他们再一次叮嘱笑猫和虎皮猫："一定不能让金子乱动。如果它管不住自己，你们俩就一起摁住它。"

笑猫听懂了马小跳的话，它和虎皮猫立即跑到金子

身边，一边一个。张达拍拍笑猫："……守住……"

马小跳和张达离开秘密山洞，跑到学校，几乎是踩着上课的铃声进教室的。

马小跳刚坐下来，唐飞和毛超就凑过来了："去了没有？去了没有？"

马小跳正要回答他们，见他的同桌路曼曼正竖起耳朵在监听。马小跳想逗她玩儿，故弄玄虚地压低声音："去了，待会儿找个没人的地方慢慢给你们讲。"

唐飞和毛超会意，乖乖地回到自己的座位上。

"马小跳，一大清早，你去干了什么不可告人的勾当？"

马小跳针锋相对："我干的勾当你都说了是'不可告人'的，我当然不会告诉你了。"

路曼曼自知她没有抓到马小跳的任何把柄，现在只好先让他占上风，但她一定有办法让秦老师来收拾他。

整整一上午，马小跳都小心翼翼地避免犯任何错误，他就怕中午被秦老师叫到办公室去，耽误他去秘密山洞给金子喂药喂狗粮。

马小跳太了解路曼曼了，她那强烈的好奇心和报复心，让她决不会轻易地放过马小跳。

"没事儿，马小跳！"唐飞安慰马小跳说，"如果路曼曼真要找你的麻烦，哥儿们掩护你！"

上午三节课都上完了，马小跳没出什么事儿。可就在第四节课上，离下课时间还有几分钟，马小跳的钢笔不出水了，他使劲甩了甩，一滴墨水溅到前面一个女生的衣服上。

路曼曼终于抓住马小跳的把柄了！

下课铃一响，路曼曼就跑去向秦老师告状了。

"马小跳，你和张达快走！"唐飞慷慨激昂地说，"哥儿们帮你扛了！"

马小跳和张达刚离开，秦老师就来到教室里。她问那个衣服上被甩了墨水的女生："是谁把墨水甩到你衣服上的？"

不等那女生回答，唐飞站到秦老师的面前："秦老师，是我甩的。"

路曼曼立即反驳："是马小跳甩的！"

"是唐飞甩的!"毛超的态度无比诚恳,"不是马小跳甩的。"

秦老师表扬了唐飞,表扬唐飞勇于承认错误,因为认错的态度好,还得到了那个女生的原谅。

唐飞和毛超成功地掩护了马小跳,路曼曼又一次败下阵来。

马小跳和张达一路狂奔,来到秘密山洞一看:金子老老实实地侧卧着,笑猫和虎皮猫一边一个,蹲在金子的身边。这情形让马小跳和张达放心了,有笑猫和虎皮猫这么守着,金子想动也不行。

金子还是只吃狗粮不吃药,张达撒开他的飞毛腿去翠湖公园附近的一家面包店,买了一个小面包,将药片塞进面包里喂进它的口中。

下午放学,这天正好轮到马小跳做清洁,第二天正好轮到唐飞做清洁。马小跳要跟唐飞换,路曼曼坚决不同意,于是又闹到秦老师那里去了。

"路曼曼,你这是怎么啦?"秦老师对路曼曼有些不满了,"他们要换就换吧,以前又不是没换过。"

　　"我总有一种感觉，马小跳今天在做见不得人的事。"

　　"秦老师，路曼曼在诽谤我！"马小跳叫起冤来，"感觉是感觉，证据是证据，感觉不是证据！"

　　"马小跳说得对！"秦老师这一次站在了马小跳一边，"路曼曼，你说马小跳做了见不得人的事，要拿出证据，不能只凭感觉。"

　　马小跳和唐飞交换了做清洁，和张达一起跑到翠湖公园的秘密山洞，陪着金子吃了晚餐。餐后的水果是香蕉，张达将药片塞进了香香甜甜的果肉里。

成人的世故和孩子的单纯

这一天，马小跳过得特别充实，特别有成就感，心里对唐飞，也有一些别样的感觉。他第一次觉得唐飞特哥儿们，特仗义，居然有了给唐飞打电话的冲动。

马小跳拨通了唐飞家的电话，听筒里传来唐飞懒洋洋的声音："什么事儿呀，马小跳？这么晚还给我打电话。"

马小跳本来想说几句感激的话，话到嘴边，变成了这样："唐飞，明天早晨你千万不要睡晚了，至少要比平

时提前一个小时……"

唐飞惨叫一声："妈呀，要少睡一个小时！"

"不用少睡，这一个小时的时间是可以挤出来的。"

马小跳给唐飞传经送宝，"你不是有赖床的习惯吗？你妈一叫你，你就穿衣服，这就可以省出20分钟；你不是拉屎总拉不出来吗？你可以憋住不拉，留到学校下课的时候拉，这又省出了20分钟；你不是早餐又吃煎鸡蛋、又吃火腿肠吗？如果你一手一盒牛奶，一手一个面包，一边走一边吃，这又省下20分钟。三个20分钟加起来，不就是一个小时了吗？足够你去翠湖公园秘密山洞伺候金子吃药吃早餐。"

"马小跳，你太啰唆了！挂了。"

　　唐飞挂了电话，可电话铃声又响了。唐飞拿起听筒："唐飞，金子不爱吃药，你明天吃面包时给金子留一小块，然后将药片塞进面包里，这样它就会吃了。"

　　"马小跳，你怎么比毛超还毛超！挂了。"

　　唐飞挂上电话，电话铃又响了。唐飞拿起听筒："唐飞，明天早晨，你不能让你爸的司机小王去送你，不能暴露秘密山洞。"

　　唐飞警告道："马小跳，你再打来，我决不接了！"

　　唐飞嘴上嫌马小跳啰唆，心里却已打定主意：就按马小跳说的那么做。

　　第二天早晨，唐飞的妈去敲唐飞卧室的门："唐飞，起床啦！"

　　往常，唐飞的妈叫了唐飞之后，她还要去睡半个小时，因为这期间，唐飞要赖床，还要拉屎。可今天，她刚躺下来，就听见厨房里一阵响动后，唐飞在门厅里高声叫道："爸爸，妈妈，我上学去了！"

　　唐飞的妈在卧室里高声叫道："司机小王还没来，你急什么？"

"我不要小王送。"唐飞又加一句，"在这一百天里，我都不要小王送。"

接着，听见砰的关门声。

"唐飞怎么了？"唐飞的妈惊恐万分，问唐飞的爸，"你不觉得反常吗？是不是出事了？"

"他能有什么事？让我想想——"唐飞的爸坐起来，双手枕着头，"是不是因为那只狗……"

"哪只狗？"

"哦，我还没有告诉你。前几天，秦老师请我到学校去，我没空，就让司机小王去了。"

"什么事？"

"唐飞这次过生日，不是得了一个礼物是越野型平衡车吗？唐飞和马小跳、张达、毛超骑平衡车撞伤了一只狗，狗的主人将狗抬到学校去了。"

"结果呢？"

"听说几个孩子偷偷把那只受伤的狗送进了医院，可又不承认狗是他们撞伤的。"

"这就奇怪了。"唐飞的妈百思不得其解，"既然不

承认狗是他们撞伤的，为什么又要去管那只狗？这不是'此地无银三百两'吗？"

"话可不能这么说。"唐飞的爸感慨道，"成人的世界很世故，孩子的世界却很单纯。"

唐飞的妈还是很紧张："我们是不是应该管一管？"

"怎么管呢？不让唐飞去做他想做的事吗？"唐飞的爸对唐飞的妈说，"唐飞是个毛病很多的孩子，也是个善良的孩子。现在我们要做的，不是去管他，而是怎么保护好他善良的天性。"

因为昨晚马小跳的传经送宝，唐飞和毛超今早去秘密山洞给金子喂药喂狗粮、清理屎尿，这一切都做得很顺利。

"哎呀，我现在想拉屎！"

"马小跳不是让你到学校里去拉吗？"毛超问唐飞，"你憋得住吗？"

唐飞和毛超一路狂奔，唐飞的脸憋得通红，眼看着学校已经到了，却在学校门口遇见了秦老师，想躲也来不及了。

　　秦老师见跑得满头大汗、脸憋得通红的唐飞，惊讶道："唐飞，你跑什么呀？"

　　"我……我怕迟到。"

　　"我记得，你都是坐汽车来上学的……"

　　"这一百天里不会了……哦，不不，以后也不会坐汽车来上学了。"

　　秦老师眼镜后面的眼睛盯住唐飞的眼睛，问："为什么？"

　　唐飞躲开秦老师的眼睛："我要减肥……要改掉我的不良习气。"

　　"不良习气"是秦老师批评唐飞用得最多的词语。秦老师突然抱住唐飞，眼睛里闪着泪光："唐飞，你让秦老师太欣慰了！太欣慰了！"

　　秦老师是暖水瓶型的老师——里面热，外面冷。她心里爱学生，但极少表现出来。她对唐飞，批评教育的时候多，温情的时候少，像这样抱着唐飞，唐飞快憋不住了！

　　毛超一心想救唐飞，语无伦次道："秦老师，我

想……我要说……"

"哦，毛超！"秦老师好像想起了什么，她看看手表，"现在还有点时间，你去找马小跳和张达，你们四个马上到我办公室来。"

唐飞获得解放，撒腿跑向卫生间。

毛超找到马小跳和张达："秦老师让我们马上去她的办公室。"

"秦老师发现了？"

"好像没有。"毛超说，"秦老师刚才抱唐飞了。"

张达问："唐飞……呢……"

"拉屎去了。"

张达又问毛超，秦老师为什么要抱唐飞。

毛超咯咯咯地笑起来："你们没看见唐飞被秦老师抱住的样子，比死还难受。"

他们等唐飞拉完屎，四个人在去往秦老师办公室的路上，马小跳伸出一只手掌："无论发生了什么事，我们都不能暴露金子在秘密山洞的秘密。"

另外三只手掌重叠在马小跳的手掌上。

像往常那样，四个人恭恭敬敬地站在秦老师的面前。

早晨的阳光，透过窗外的树叶，照在秦老师的脸上，显得格外柔和，格外慈祥。

"你们不要那么紧张，我这会儿找你们来，是想跟你们说，其实，我已经到了退休的年龄，为什么我还没离开教学岗位呢？"

毛超说："因为您舍不得我们。"

秦老师点点头："最让我放心不下的就是你们几个。在我教学的这几年中，最让我操心的是你们几个，给我带来最多麻烦的也是你们几个。当然，你们也给我带来过感动，带来过欣慰……"

马小跳忍不住问道："秦老师，您为什么要对我们说这些？难道您就要离开我们了吗？"

"现在还不会。"秦老师终于说到了主题，"我现在就希望你们四个诚实地回答我：那只狗是不是你们撞伤的？"

四个人异口同声道："不是！"

男生们心中的女神

"听说了吗?"路曼曼去问丁文涛,"夏林果送给马小跳一样礼物,盒子上写的都是外国字。"

"唉　　"丁文涛叹着气,摇着头,"头发长,见识短……　朵鲜花插在牛粪上……"

本来丁文涛是想讨好路曼曼,没有考虑到路曼曼的头发比夏林果的头发还长,所以他的话把路曼曼也得罪了。

"不见得头发长的见识就短。"

　　"对对对，不能一概而论。比如你，一枝独秀，鹤立鸡群，万绿丛中一点红……"

　　"丁文涛，你好好跟我说话，不许说成语！"路曼曼还对丁文涛那天在中队委会上的表现耿耿于怀，"我问你，那天夏林果召集的中队委会，你为什么要装头痛？你以为这样就可以讨好夏林果，结果夏林果还是对马小跳好。"

　　路曼曼的这番话，正戳到丁文涛的心窝上。在他的记忆中，无论他怎么对夏林果好，可夏林果从来没有对他好过。夏林果对马小跳好，倒是有目共睹的。

　　"丁文涛，你看为了马小跳，夏林果居然都不跟我讲话了，我们不能眼睁睁地看着她这么错下去。"

　　丁文涛立即响应："路曼曼，这一回，我坚决站在你这一边，一起来帮夏林果悬崖勒马，迷途知返，金盆洗手，浪子回头金不换……"

　　"说些什么呀？"路曼曼觉得丁文涛又说过火了，"人家夏林果又不是罪犯。"

　　关于夏林果送马小跳礼物的流言，已经传遍了全

班，当然也传进了唐飞、张达和毛超的耳朵里。他们当面去问马小跳："马小跳，他们都在说你和夏林果，是不是真的呀？"

马小跳坦然地说："是真的。"

"夏林果送的什么呀？跟哥儿们分享分享。"

"走！"马小跳背起他的书包，"到苗圃去。"

学校最僻静的地方就是苗圃了，马小跳他们几个经常来，这里成了他们出谋划策的据点。

马小跳从书包里掏出一个四四方方的蓝色纸盒，上面印着一条大鲸鱼，还有几行外文字。

毛超举在眼前，装模作样地看了又看，唐飞问他：

"你认识上面的字吗?"

毛超干笑两声,将蓝色纸盒递给唐飞。唐飞放在鼻子下面闻了闻:"一股海水味儿。马小跳,夏林果送你的到底是什么东东?"

"不是送我的,是送给金子的。"马小跳说,"这是澳洲的萨沙关节灵粉。"

原来,夏林果听说韧带受伤的狗,特别是缺钙的老年狗,吃澳洲出产的关节灵粉对辅助治疗的效果最好。

"怎么个吃法呢?"

马小跳说:"夏林果给我讲得很清楚,用小勺子舀小半勺,放进狗粮里,拌匀了给金子吃。你们千万要牢牢记住。"

他们回到教室,班上的男生女生见到马小跳,又开始交头接耳。

"说什么?说什么?"唐飞站在讲台上,"你们敢不敢大声说呀?"

毛超帮腔道:"有话当面说,不能背后乱说。"

"你们这是羡慕嫉妒恨!"

听唐飞这么一说，大家都拿眼睛去看夏林果。夏林果挺着笔直的背在看一本书，目光低垂，长长的睫毛覆盖在她宁静的脸上，教室里的喧闹似乎与她毫不相干。

谁也没有想到，下午两节课后，夏林果又出了一个新闻。

"快去看，夏林果在操场上跳芭蕾舞！"

这天下午的两节课后，是全校的兴趣小组活动时间，夏林果要跳也应该在有镜子的排练厅里跳，她为什么要在操场上跳呢？

马小跳他们跑到操场上，人已经围了一个大圆圈，主要是高年级的男生和女生，夏林果是他们心中的女神。

在圆圈中间，换上芭蕾舞鞋和芭蕾舞裙的夏林果翩翩起舞，安琪儿抱着那个贴着金子头像的小纸箱在募捐，可捐钱的人并不多。

一个高年级女生问另一个高年级女生："你捐不捐？"

"我不捐。"那个高年级女生说，"我听他们班的路曼曼讲，是马小跳他们几个男生骑平衡车撞伤了纸箱上的

那只狗，狗的主人把狗抬到学校里来，要马小跳他们付医药费。"

"原来夏林果是在帮马小跳呀！"

要说知名度，马小跳与夏林果几乎齐名。夏林果是因为芭蕾舞；马小跳是因为淘气。

有一个高年级男生在人群里发现了马小跳他们几个，高声说："马小跳，你们还好意思在这里看热闹！明明是你们几个惹的祸，医药费应该由你们来赔，却让一个女生出来……"

"不是的，不是这样的！"

安琪儿冲到那个高年级男生跟前，拼命地为马小跳他们几个辩护。

"你们听我说——"夏林果停止舞蹈，指着小纸箱上金子的头像，"这只狗叫金了，它不是马小跳他们撞伤的，是马小跳他们救了它，把它送进医院里。医生给它做了手术，还给它治疗肾结石，花了一大笔医药费。马小跳他们都把自己的零花钱和压岁钱捐出来了，但还是不够。"

"我们为什么要相信这只狗不是他们撞伤的?"

"你们爱信不信,反正我信。"夏林果还是那句话,"马小跳从来不撒谎。"

夏林果踮起脚尖,又开始翩翩起舞。

不一会儿,安琪儿抱着的那个贴着金子头像的小纸箱里边,便装满了1元的、5元的、10元的钞票。

四个男子汉

夏林果用跳芭蕾舞募捐来的那一部分钱，补齐了金子的手术费和医药费，还余下一点点，给金子买了两袋狗粮。

在照顾金子的这些日子里，每周的一、三、五是马小跳和张达，每周的二、四、六是唐飞和毛超，周末的星期天，他们还要抬着金子去裴帆哥哥的医院，继续给它治腿伤，治肾结石。遇到天气好的时候，他们会让金子躺在温暖的阳光下，轮流给它做按摩。

　　四个男孩的身上，多多少少发生了一些变化。唐飞的变化，主要在他的体形上，他明显地瘦了，凸起的肚子凹下去了，从来不系皮带的裤子上也系上皮带了。以前他走路像企鹅，现在走路像小鹿，完全可以用"健壮"来形容唐飞。

　　唐飞的妈看在眼里，喜在心里，她对唐飞的爸说："你看唐飞，减肥减了几年，花了我多少钱啊！一两肉都没减下来。就这么两三个月，没花我一分钱，你说他是怎么瘦下来的？"

　　"妇人之见啊！"唐飞的爸说，"你只知其一，不知其二。虽然我不知道唐飞在干什么，但是我知道他在吃苦，对于唐飞这种从来不知道什么是'苦'的孩子，是千金难买的机会。"

　　"是呀，是呀！吃得苦中苦，方为人上人。"唐飞的妈马上联系到唐飞的爸身上，"你有今天的成功，还不是因为你年轻的时候吃过很多苦。"

　　"苦难的经历就是我的财富啊！我希望我的儿子多一些苦难的经历，唐飞是吃得起苦的，也有毅力，就是

没有给他吃苦的机会。不过我相信，总有一天，唐飞会成为一个有出息的男人。"

"唐飞真的变了！"唐飞的妈要把唐飞所有的"好"，都说给唐飞的爸听，"他以前花钱大手大脚的，现在他好像在攒钱，你说他攒钱要干什么？"

"他一定有他的用途。你不要问他，也不要限制他的零花钱，他要多少，你给他多少。"唐飞的爸非常自信，"要做金钱的主人，不要做金钱的奴隶。有钱不乱花，有钱用在该用的地方，这就是我的金钱观。"

其实，唐飞攒钱，是为了给金子买最好的狗粮。金子老了，它需要吃营养丰富的狗粮。狗粮的营养越丰富，价格越贵。

而马小跳的变化，表现在他和路曼曼的关系上。现在，他整个心思都在金子身上，他尽量不去招惹路曼曼，他怕路曼曼到秦老师那里去告状，如果秦老师把他留在办公室，那就耽误了他去照顾金子。

路曼曼早已习惯了她和马小跳这样的一种关系——针尖对麦芒的关系，如今，她和马小跳的关系变成了针

尖对面团，这让她浑身不舒服，觉得日子也过得没意思了。原来，马小跳对于路曼曼来说，有着连她自己也说不清楚的意义，就像有一次她生病没有去学校，不去学校就管不了马小跳，她的病就好不了。秦老师派马小跳代表全班同学去路曼曼家里看望她，她又可以管马小跳了，管他坐在椅子上的姿势，管他吃点心不准发出声音，管他背课文……管来管去，路曼曼的病一下子全好了。

路曼曼每天至少有一多半的心思在马小跳身上，马小跳不和她斗了，这让她心慌，让她不知所措。她琢磨来，琢磨去，最后琢磨到夏林果的身上。

"马小跳，是不是因为夏林果，你才对我这样？"

马小跳冷冷地说："我对你怎么啦？"

"你对我不理不睬，你知道这叫什么行为吗？"路曼曼用了一个词，"这叫冷暴力。"

马小跳还是冷冷的："请你不要用这么吓人的词语。"

路曼曼简直要疯了："马小跳，我命令你像原来那样，跟我斗！跟我吵架！"

　　"马小跳已经不是原来的马小跳了。"马小跳心平气和地对路曼曼说，"我现在很忙，有很多事情要做。"

　　路曼曼不得不承认，马小跳确实不是原来的马小跳了，她说不出他身上到底是什么东西在吸引她，但他确实越来越像个男子汉了。

　　路曼曼彻底败下阵来，她认为她输给了夏林果。她

甚至有点后悔，在金子这件事情上，当初没有像夏林果那样，坚定不移地相信马小跳，慷慨无私地帮助马小跳。

至于张达的变化，以前他一身的力气使不完，现在全都使在了金子身上，他是往秘密山洞跑得最勤的人，也是给金子做按摩做得最多的人。很多男生不明白，为什么话都说不清楚的张达，在女生们的心目中却是最有魅力的男生，连骄傲得像个公主的夏林果，也从不掩饰对张达的好感。其实，在每个女孩子的潜意识里，她们最看重男孩子身上的一种品质是责任感，而张达是公认的最有责任感的男孩。

毛超一开始并不赞同马小跳把金子送进医院，虽然他不敢说出来，但在心里一直都在埋怨唐飞，埋怨马小跳，埋怨张达。如果唐飞的生日礼物不是越野型平衡车，如果马小跳没想要尝试平衡车的越野性能，如果张达不带他们去那条土路，这一切都不会发生。毛超认为他们都有责任，就是他没有责任。所以，他们四人当中，其他三人都把零花钱和压岁钱拿出来给金子治病

时，他并没有全部拿出来，只拿出来了一半。

后来，在每周二、四、六跟金子的相处中，日久生情，他将留下来的那一半零花钱和压岁钱，一点一点地都用在金子身上，连唐飞都说他不像以前那么小肚鸡肠，身上终于有点男子汉大丈夫的气概了。

毛超心里明白，这都是因为金子。

人在狗的心目中

冬天就要到了，翠湖公园的地上铺满了金色的落叶。

金子在秘密山洞养伤的日子，眼看着就要满一百天了。金子的肾结石已经完全被裴帆哥哥治好了，它那条受伤的腿也拆掉了绷带，可它跑起来，那条腿还是瘸的，它毕竟太老了，15 岁相当于人的 105 岁。

这是一个周末的星期天，马小跳他们将金子带到裴帆哥哥的医院做了最后一次检查，回到翠湖公园，不知

是秋风扫落叶的缘故，还是舍不得金子，他们心中都有些伤感。

毛超说："我们把金子的伤治好了，病也治好了，是不是可以把金子送回家了？"

马小跳说："金子的主人不是一直都想抛弃它吗？"

唐飞说："那是因为金子有病，他们不想花钱给金子治病。现在我们把金子的病治好了，也许他们肯接受金子了。"

"走吧，金子！我们送你回家！"

他们带上金子没吃完的狗粮和夏林果送的关节灵粉上了路，金子一路摇着尾巴，兴奋无比地在他们身边跑着。

快到金子主人住的那个小区了，金子的情绪一下子低落下来，磨磨蹭蹭不肯再往前走。

马小跳蹲下来，对金子说："金子，你不愿意回家吗？冬天就要到了，家里比外面暖和呀！"

到了小区门口，守门的邓大爷看见金子便迎了出来："金子回来了！让我看看，啊！变年轻了，也长漂亮了，毛都油光闪亮的。"

"邓大爷，我们把金子送回来了！"

"邓大爷，我们把金子的病治好了，腿上的伤也治好了！"

"金子的主人不在家，先把金子放我这儿吧！"邓大爷向金子伸出手，"金子，过来！"

金子往后退，躲在马小跳的身后。

"金子，听话！"邓大爷拉住金子脖子上的颈圈，对马小跳他们说，"你们走吧，该回家做作业了！"

四个男孩子一起扑过去抱住金子，金子伤心欲绝地舔他们的手，双眼泪汪汪地望着他们。

"走吧！"唐飞站起来，"再不走，我就要哭了！"

马小跳已经哭了，他站起来就跑。

唐飞、张达和毛超跟着马小跳跑。他们跑到一片工地上停下来，四个人抱头痛哭，哭得哇哇的。幸好是星期天，工地停工没有人听见。

正哭着，金子跑来了。它跑到他们中间，望着他们，双眼不再泪汪汪，而是充满了好奇，好像在问："你

们哭什么呀？"

"嘿，金子！"

四个人破涕为笑，心里都充满了失而复得的喜悦。

金子在前面跑。跑一段路，它便回头看看他们，见四个男孩跟着它，它再往前跑。

"金子要把我们带到哪里去？"

"它想去的地方。"马小跳说，"可以肯定，金子是坚决不肯回它原来的家了。"

"狗是最通人性的。"毛超说，"谁对它好，谁对它不好，它心里最有数。"

金子跑上了通向翠湖公园的路，原来，它想回翠湖公园的秘密山洞。

"金子在秘密山洞住了一百天，它喜欢上那里了。"

"可是，笑猫和虎皮猫住在里面，猫和狗可以长久住在一个洞里吗？"

"翠湖公园那么大，金子不见得一定要住进秘密山洞。"

"冬天的晚上很冷，最好能睡在洞里。"唐飞说，

"我看还是把表妹叫出来，让她去给笑猫说说。"

"不用去叫她！"马小跳反对，"我们说的话，笑猫也能听懂。"

"那不一样。"唐飞对马小跳说，"笑猫最喜欢的人是我表妹，她说的话一句顶一万句。"

"唐飞，我再给你说一遍：杜真子是我表妹，不是你表妹！"

马小跳和唐飞永远为这个问题争吵不休。张达拉开他们："别吵……我去……"

张达飞跑着去叫杜真子。

过了一会儿，张达带着杜真子来了。唐飞无比热情地迎上去："表妹，情况是这么一个情况……"

"我都知道了。"杜真子说，"张达都给我讲了。"

"他结结巴巴的，肯定没讲清楚。"

"他没讲清楚没关系，我跟笑猫讲得清楚。"杜真子对金子说，"来，金子！我们去找笑猫。"

在秘密山洞里，笑猫和虎皮猫又见到了金子，它们互相抓扑着，抱在一起在地上滚呀、滚呀……好像久别

重逢，其实它们不过分别还不到一天时间呢。

"笑猫，你听我说！"笑猫马上来到杜真子的身边，蹲在她跟前，竖起两只耳朵，乖乖地听着，"金子在这里养伤的一百天，你和虎皮猫把

金子照顾得非常好，谢谢你们！"

杜真子亲亲笑猫，又亲亲虎皮猫。笑猫的脸上露出迷人的笑容。

杜真子接着对笑猫讲道："金子不愿意回到它原来的

家，因为它已经不喜欢它的主人了，就像你不喜欢我的妈妈一样。它舍不得离开你们，它喜欢秘密山洞，你欢迎金子继续和你们一起住吗？"

笑猫发出狂喜的叫声，扑向金子，它们滚在了一起。

快乐的球球

　　下午去上学，马小跳刚出家门就遇见了安琪儿。其实，是安琪儿贴在她家的门上听见了动静才出来的。

　　马小跳和安琪儿一起进了电梯间。

　　"马小跳，我正要给你说一件很重要的事情。"

　　马小跳说："你每次要给我说的事情都很重要。"

　　"这一次真的很重要。"安琪儿和马小跳一起走出电梯间，"我和夏林果……"

　　一听说夏林果，马小跳就觉得是很重要："你和夏林

果怎么啦?"

　　"我和夏林果昨天去给金子买礼物了,为了庆祝金子身体康复!"

　　"哦!"马小跳问,"夏林果买的礼物是什么?"

　　"马小跳,你怎么不问我买的礼物是什么?"安琪儿不等马小跳问,又问道,"你猜,我买的是什么?"

　　安琪儿从书包里掏出一个圆形的盒子,盒子上包了一层银光闪闪的包装纸,上面还系了一个蓝色的蝴蝶结。

　　"马小跳,你猜出来没有,这盒子里面是什么?"

　　马小跳根本就没猜,他心里一直在想夏林果买的礼物是什么。

　　"猜不出来吧?那我就告诉你吧,我给金子买了一条颈圈,它以前戴的那条已经破旧了。"

　　"哦。"

　　马小跳嘴上没说什么,心里觉得安琪儿的这个礼物买得真不错。他更想知道夏林果给金子买的是什么礼物,安琪儿却只顾问她的:"马小跳你猜,我给金子买的

颈圈是什么颜色的?"

马小跳不耐烦地:"我怎么知道呀。"

"你在这三种颜色里面猜:红色的,黄色的,黑色的。"

马小跳想安琪儿肯定喜欢红色的,便说:"红色的。"

"本来,我选的是红色的,可夏林果说金子是男狗狗,戴黑色的颈圈会更酷,所以就买了黑色的。可我现在有点后悔了……"

马小跳问:"为什么要后悔?"

"因为你跟我一样,也喜欢红色呀!"

"不不不!"马小跳赶紧说,"我跟夏林果一样,喜欢黑色。"

安琪儿高兴地:"那我买对了。"

结果,一路说到学校,安琪儿也没告诉马小跳,夏林果给金子买的是什么礼物。

进了教室,马小跳刚坐到座位上,夏林果就来到他跟前:"马小跳,下午放学后,我们一起去看金子!"

马小跳马上把这话传给毛超,毛超传给唐飞,唐飞

传给张达。

下午放学后，马小跳排在队伍里面，走出了学校的大门。忽听毛超惊叫一声："马小跳你看——"

学校的大门正对着一棵古老的银杏树，银杏树下，金子蹲在那里。

"啊，金子！"

马小跳他们朝金子跑去："金子，你怎么找到这里的？"

"金子是到这里来等我们！"

"正好！"安琪儿和夏林果也过来了，"金子，我们正要去翠湖公园给你送礼物呢！"

安琪儿捧着那个系着蓝色蝴蝶结的圆形盒子："金子，这是我送你的礼物，你喜欢吗？"

金子用嘴接过那个圆形盒子，两只前爪合在一起，给安琪儿作揖。

"金子在感谢我！"安琪儿激动得又哭又笑，"金子在感谢我！"

金子将衔在嘴里的圆形盒子放在地上，用两只前爪

摁住它，用嘴解开蓝色的蝴蝶结，再咬开盒盖儿，里面装着一条黑色漆皮的颈圈，中间还吊着一颗银铃铛。

"啊，金子还会拆礼品盒！"

安琪儿给金子戴上颈圈，金子摇摇头，当！当！当！脖子上的银铃铛发出清脆的响声。

"金子，你太酷了！"

"这是夏林果选的颜色，我幸好没有买红的。"安琪儿说，"夏林果还给金子买了礼物呢！"

夏林果捧着一个精美的纸袋，纸袋口上系着一个金色的蝴蝶结，她对金子说："金子，这是我送你的礼物，

你喜欢吗?"

金子用嘴解开金色的蝴蝶结,然后将嘴伸进纸袋里,从里面衔出一个苹果大的小足球。

金子向夏林果不停地摇尾巴,它显然非常喜欢这个可爱的球球。

"金子,我们来玩球球!"

金子将嘴里的球球放在马小跳的手上。马小跳向远处一扔,小足球呈一条长长的黑白抛物线,落进一片矮树丛里。金子跑过去,连续三次跃过矮树丛,从树丛里找到球球,用嘴衔着跑回来,跑到马小跳跟前,立起身将嘴里的球球放在马小跳的手上。

"让我来跟它玩儿!"

唐飞从马小跳手中夺过球球,高高地举起来,金子以为他要像马小跳那样将球球扔向远处,所以没等唐飞扔,它就先往前跑了。跑到矮树丛那里,见球还没有过来,金子马上意识到自己受骗了,跑回唐飞的身边,两只眼睛死死盯住唐飞手中的球。

唐飞将球球使劲地向上一抛,球球冲上银杏树的树

梢，徐徐降落。金子的眼睛始终没有离开过球，当降落的球球离地面还有一丈多高时，金子腾空而起，用嘴接住了球球。

安琪儿拼命地鼓掌："金子，好棒哦！"

"看我的！"

毛超从金子的嘴里把球球抢过来，抡起胳膊做出向前扔的动作。趁金子向前跑的当儿，毛超飞快地将球球放进了安琪儿的书包里。

上当的金子跑回毛超的身边，毛超摊开双手给它看："看，球球不在我这儿！"

金子的鼻孔快速地一张一缩，一张一缩，发出急促的呼呼声——它已经嗅到了球球的味道。

金子突然跳起来，两只前爪搭在安琪儿的肩膀上，将嘴伸进安琪儿的书包里，衔出了球球。

金子的出色表现赢得了一片赞扬声。

"金子好聪明啊！"

"金子真是智勇双全！"

"我来教……守门……"

　　张达的话音刚落，毛超惊呼一声："秦老师来啦！"

　　大家一起转头，见秦老师正向校门口走来。秦老师明确规定过：放学后，不得无故在学校或路上逗留。

　　"快撤！"

　　不到半分钟，马小跳他们已经消失得无影无踪。

天才守门员

因为秦老师的突然出现，马小跳他们情急之下，只顾自己跑，竟把金子忘在那儿了。

回到家后，马小跳一直放心不下金子，就给唐飞打电话："我们就这样跑了，金子怎么办？"

唐飞："金子又不傻，它肯定自己回翠湖公园了！"

马小跳："它能找到路？"

唐飞："狗的记忆力是最好的，何况，金子的年纪大，经验丰富，它认路的本领那是相当地高。"

马小跳:"我想去翠湖公园……"

唐飞:"你去还不如让张达去,他跑得快。"

马小跳又给张达打电话,张达还没听完,说声"我去……",起身就跑。

张达使出跟汽车赛跑的速度,跑到翠湖公园的秘密山洞,见金子跟笑猫、虎皮猫正玩球球呢。张达又使出跟汽车赛跑的速度,跑回家给马小跳回电话,马小跳还等着他的消息呢。

第二天下午放学,马小跳他们一走出校门,就看见金子嘴里衔着夏林果送的小足球,已经在那棵古老的银杏树下等他们了。

"金子!金子!"

金子跳起来,跟他们一个一个地亲热:两只前爪搂住马小跳的脖子,伸出舌头舔舔马小跳的脸;又分别搂住唐飞和毛超的脖子,舔了他们的脸。

跟他们都亲热了,金子还蹲在银杏树下,望着校门的方向。

马小跳高举着球球:"金子,看球!"

马小跳把球球扔出去，金子并没有跑去捡，还是一动不动地蹲在银杏树下，望着校门的方向。

马小跳自己跑去把球捡回来，问道："金子怎么啦？你不是最喜欢玩球球吗？"

唐飞和毛超又去跟金子玩，金子还是一动不动地蹲着，眼睛望着校门的方向。

"我明白了！"马小跳恍然大悟，"金子在等张达！"

毛超说："今天轮到张达做清洁，应该做完了吧？"

忽然，听见金子一声欢悦的叫声——原来，张达出现在学校门口！

金子跳起来扑向张达，搂着他的脖子舔了他的脸，这才衔起球球，将球球放在张达的手上。

原来，金子还记着昨天，张达还没跟它玩球球呢。

"我……教你当……守门员……"张达对金子说，"你……你你……"

金子看着张达，不知所措。

"听你说话，急死了。"马小跳说，"狗狗最会模仿，我们做给金子看！"

马小跳跑到两棵树之间，弓着背，对张达叫道："来吧！"

张达把那两棵树当足球场上的球门，一脚将球球向"球门"里踢去。马小跳跳起来，接住了球球。

张达踢球，马小跳接球，他们这样反复几次做给金子看了，然后马小跳把金子叫过去，指着两棵树之间的地方："看见没有，金子，这是球门，你要守住球门，不能让球球从这门里进去，明白吗？"

金子似懂非懂，站在两棵树之间刚才马小跳站的地方，眼睛盯着张达脚边的球球。

"看球！"

这次张达没结巴，他飞起一脚，将球球向"球门"踢去。

金子迎球跳起，可是它跳早了，当它落地时，球球从它的头顶上飞进了"球门"。

金子很淡定，它从"球门"里捡起球球，用嘴衔着跑向张达，将球球放在张达手上，然后转身跑回守门的地方。

"让我来!"唐飞对张达说,"刚才那个球金子没接住,不是金子的问题,是你的问题。"

唐飞的脚尖踏在球球上,对金子喊道:"注意喽,金子!看球!"

唐飞飞起一脚,球球向"球门"飞去。这一次,金子吸取了上次的教训,它先让球球飞一会儿,等球快飞到"球门"的时候,它才跳起来,用嘴衔住了飞来的球球。

"金子,好样的!"

他们都跑过去拍金子的脸,挠它的耳朵,这是对它的奖赏。

轮到马小跳踢点球了。

马小跳飞起一脚,用力太猛,球球飞过了高高的树梢。

"唉,踢高了!"

这个高难度的球,他们都担心金子接不住,没想到金子腾空而起,用头顶了一下从高空落下的球球,再用嘴衔住了。

"这次我给它来个刁球！"

毛超踢的球果然很刁，不仅低，而且偏，可这也难不住金子，它斜着扑过去，用嘴接住了这个刁球。

"金子，我们服你了！"

可是，金子对自己的表现还不是十分满意。它再一次把嘴里的球放在张达的手上。

唐飞心里有了醋意："金子为什么会对张达情有独钟？"

"我明白金子的意思。"马小跳说出了金子的心声，"我们三个踢的球，金子都接住了，只有张达踢的球，它没接住，所以，它还让张达踢。"

张达准备踢球了，金子跑到守门员的位置上，严阵以待。

张达踢了一个标准的点射球，又狠又准。金子沉着镇定，眼睛紧盯着急速飞来的球球，就在球球即将飞进球门的瞬间，金子一跃而起，又稳又准地衔住了球球。

四个酷爱足球的男孩对金子，用唐飞的话来说，那是相当地崇拜，把他们梦寐以求的一个称号——"天才守门员"，心悦诚服地颁给了金子。

真相大白

    在以后的日子里，每天下午三点钟，金子嘴里衔着那个夏林果送给它的小足球，准时来到学校门口那棵古老的银杏树下，等候从学校里走出来的四个男孩，风雨无阻。

    在一个风雨交加的下午，呼啸的寒风将冰冷的冬雨吹斜了，滴落在教室的玻璃窗上。

    课间十分钟也不能到外面玩了，马小跳他们在教室里，看着窗外的风雨，他们心里想的都是金子。

班上的同学也都很好奇，每天下午都在学校门口银杏树下等候马小跳他们的那条狗，像今天这样恶劣的天气，它还会来吗？

"因为你们对金子不了解，所以才会问这种低情商的问题。"

"如果你们知道'忠诚'这个词的含义，你们就会知道金子今天会不会来。"

马小跳、唐飞、张达和毛超，他们没有一个人怀疑金子今天会不来。他们就盼着快点放学，好去见金子。

终于盼来了放学铃响。

下雨天，放学不用排队。马小跳他们飞快地向学校门口冲去。

那棵古老的银杏树下，金子在那里，嘴里衔着夏林果送给它的小足球。

"金子！金子！"

他们跑过去抱住金子。

金子全身都被雨水淋透了，四个男孩的衣服上都沾满了金子身上冰凉的雨水。

这时，夏林果和安琪儿也来了。她们俩满脸是水，热的是泪水，凉的是雨水。她们刚听学校守门的保安说，他以为今天这么坏的天气，金子不会来了。没想到下午三点，金子准时来了，嘴里衔着个小足球，守候在银杏树下。保安可怜它，要拉它去门卫室避避风雨，可它就是不肯，怎么拉它都不动，就这么站在那里，任风吹，任雨淋。

夏林果和安琪儿一边流着泪，一边取下脖子上的围巾，给金子擦身上的雨水。

马小跳对金子说："金子，我们今天不能玩球了，你快回去吧！"

金子衔着球球，一步一回头地往翠湖公园的方向去了。

金子在风雨中等候了那么久，就为了看他们一眼。目送着金子奔跑的背影，夏林果和安琪儿感动得直流眼泪；马小跳、唐飞、张达和毛超也感动，在心里。

现在，学校门口的银杏树下，有一只嘴里衔着一个小足球的金毛犬，已经成了全校男生女生心中的一道风景，一道美丽温暖的风景。每当他们从金子跟前经过，都要跟金子打个招呼："金子！你好吗?"

林老师也知道金子，如果下午三点以后，她没有课，就会来到学校门口，久久地望着银杏树下的金子，眼里有闪闪的泪光。

如果说，以前路曼曼在"金子是不是马小跳他们撞伤的"这个问题上，她是最顽固的肯定者，那么现在，她开始动摇了：金子对马小跳他们这样的忠诚、这样的情义，不像是被他们撞伤的呀！

直到有一天，发生了一件离奇的事件，真相大白，让所有的人，包括之前持怀疑态度的秦老师、路曼曼和丁文涛，终于不再怀疑马小跳他们四个了。

那天下午三点，跟往常一样，金子衔着小足球，准时出现在学校门口的银杏树下。

等啊，等啊……

就在放学铃声响起的时候，一辆三轮摩托车开过

来，金子突然大叫一声，扑向那个骑摩托车的人。

金子和骑摩托车的人滚到地上，三轮摩托车也翻倒在路边。好多在学校门口接孩子的家长都围了过来，议论纷纷。

"这狗今天怎么啦？"

"是呀，太反常啦！"

骑摩托车的人一边骂着"疯狗"，一边和金子搏斗。

"它可不是疯狗！"一位女家长为金子打抱不平，"它平时总是在那棵树下等几个男孩子，从来没有乱咬过人。"

搏斗了几个回合，骑摩托车的人最终斗不过金子，只好向金子求饶："求求你，放了我吧！"

金子死死咬住那个人的衣领不放，喉咙里发出咕噜咕噜的声音——这是愤怒的声音。

有人问骑摩托车的人："你是不是得罪过这只狗啊？"

"冤枉啊！"骑摩托车的人喊起冤来，"我都没见过它，今天从它跟前经过，它就扑上来了……"

"那就奇怪了！"好多人都笑起来，"我们天天都从

它跟前经过，它怎么不咬我们呢？"

这时候，马小跳他们从学校里出来了，一看银杏树下没有金子，再一看这边围了一大堆人，便冲了过来。

"金子怎么啦？"

"金子为什么咬住这个人不放呢？"

马小跳看见翻在路边的三轮摩托车，他想起来了，大叫一声："他就是撞伤金子逃跑的那个人！"

张达也认出他来了："是……是……他……"

围观的人恍然大悟："怪不得这只狗一口咬住他不放……"

"我今天真是倒霉运！"那个人取下头上的头盔，"我本来不该走这条路的，鬼使神差，唉……"

"真是现世报啊！"围观的人感慨万千，"人在做，天在看——老天有眼啊！"

四个男孩揪住骑摩托车的人："走！"

"小兄弟，别把我送派出所，我们私了！"

"我们不送你去派出所，我们送你去我们秦老师那里！"

"放了我吧！"骑摩托车的人想要滑头，"我又不是你们老师的学生，去你们老师那里干什么呀？"

"你去向我们秦老师亲口证明：金子不是我们四个撞伤的。"

马小跳他们四个押着骑摩托车的人，向秦老师的办公室走去。那个人还想要赖，回头问他们："非得证明吗？"

"必须证明！"毛超说，"你知不知道你把我们害得有多惨吗？你逃跑了，是我们把金子送到医院里，医生给它做了手术，治好了它的伤。"

那个人不相信："你们哪有钱给狗做手术？"

"我们的零花钱、压岁钱全拿出来了，钱还不够。我们班一个女生就在操场上跳芭蕾舞，又捐来一些钱……"

听到这里，那个人不再厚颜无耻，有点愧疚又有点夸张地打了一下自己的脸："我真不是人！"

"最惨的是，我们一直为你背着罪名。"马小跳接着控诉道，"你把金子撞伤后，我们把金子送回家，第二

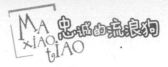

天，金子的主人就把金子送到我们学校来，找我们秦老师，说金子是我们几个撞伤的。所以，你现在必须去向我们秦老师证明：金子不是我们几个撞伤的，是你撞伤的。"

　　"我证明，我证明！"那个人又打一下自己的脸，这一次不夸张，是真打，"我再不去证明，我真不是人了！"

树下一座狗的雪雕

马小跳没有想到，也不曾希望，秦老师会向他们道歉。

从一年级起，秦老师就做马小跳他们班的语文老师兼班主任，作为热爱教育工作、年年被评为优秀教师的秦老师，她爱学生，无疑也是爱马小跳、爱唐飞、爱张达、爱毛超的。但是，这四个调皮捣蛋的男孩子，显然不是她心目中标准的好孩子，几年来，常有错怪他们、冤枉他们的事情发生，每一次，他们都希望秦老师能够

给他们道歉，但在秦老师的观念里，老师怎么可以给学生道歉呢？所以后来，习惯成自然，错怪就错怪呗，冤枉就冤枉呗，让秦老师道歉，亦成了马小跳他们的痴心妄想。

而这一次，秦老师真的给他们道歉了，而且，说的话情真意切，把马小跳他们都要感动哭了。

"秦老师要对你们说声'对不起'。"秦老师心平气和地说，"以前，老校长就曾经对我说过，你们是有情有义、有担当的孩子……"

从秦老师办公室出来，四个男孩都有一种终于解脱的感觉。

毛超说："秦老师给我们道歉的时候，我以为我耳朵出了问题听错了。"

"我身上都起鸡皮疙瘩了。"马小跳说，"我还是喜欢听秦老师对我们批评教育。你们说，秦老师为什么要给我们道歉呢？"

"这很容易解释，因为她快退休了。"唐飞说，"以前，老校长发现我们身上有有情有义、有担当的优良品

质的时候，也是他快退休的时候。"

"真悲催啊！"毛超惨叫一声，"为什么他们总是快到退休的时候，才发现我们是好孩子呢？"

"这也很容易解释，因为时间。"马小跳说，"只有到了退休的时候，时间才会告诉他们真相。"

这话似乎很深刻，不应该是一个孩子说的，但也不奇怪，这就是一个孩子说的。因为孩子总是说真话，他们是离真相最近的人。

过了冬至，进入数九寒天，一天比一天冷。马小跳他们的心中，却一天比一天温暖，因为他们心中有金子——无论天气多么寒冷，金子都会在学校门口那棵银杏树下等候他们。

可是这天下午，还像往常那样，马小跳他们排在放学的队伍里，到了学校门口，他们的心仿佛都不跳了——那棵银杏树下，金子不在那里！

不等他们去问，守门的保安便走过来说："金子今天没来！"

"怎么可能没来呢？金子天天都来的，风雨无阻。"

保安说:"我知道每天下午三点钟,金子准时到这里来等你们。可是今天下午三点钟,我见金子没来;三点半钟,我看金子还是没来;这会儿了,还没来……"

毛超说:"金子是不是生病了?"

"呸呸呸!"马小跳冲毛超叫道,"闭上你的乌鸦嘴!"

"也许——"夏林果对马小跳说,"金子正在来的路上。"

这话马小跳爱听。

"我们去翠湖公园!"

从翠湖公园到学校的路上,有一家花店和一家水果店,金子每天都要从花店和水果店的门前经过。

夏林果去问花店的老板娘。

"请问,您今天有看见一只脖子上系着黑色的颈圈、嘴里衔着一个小足球的金毛犬吗?"

"没有。"花店的老板娘说,"我正奇怪呢!每天下午三点左右的时候,都会看见这只金毛狗,今天到这会儿了,怎么还不见呢?"

夏林果去问水果店的老板:"请问,您今天有看见一只脖子上系着黑色的颈圈、嘴里衔着一个小足球的金毛犬吗?"

"没有。"水果店的老板说,"天天都见到它,唯独今天没见到。"

马小跳他们跑到翠湖公园的秘密山洞,洞里只有笑猫和虎皮猫,没有金子。

"金子会不会出事了?"

这次,马小跳没骂毛超乌鸦嘴,他心里也有了不祥的预感。

安琪儿去问一位正在扫落叶的清洁工人:"老爷爷,您认识一只叫金子的金毛犬吗?"

"认识啊,翠湖公园的人没有不认识它的。"清洁工人说,"嘴里永远衔着一个小足球,这狗有意思!有意思!"

马小跳急问:"老爷爷,您今天看见金子了吗?"

"今天没有。"

马小跳又问:"老爷爷,您最后一次看见金子是什么

时候？"

"昨天。"清洁工人说，"昨天下午两点多钟，我看见它衔着个小足球跑出翠湖公园的。"

昨天下午，金子还当了守门员，马小跳他们给它数过，他们四个一共踢了 40 个点球，金子接住了 37 个球，作为奖励，唐飞还给了它一把牛肉干吃呢。

"可以肯定——"马小跳做出了判断，"金子是昨天回翠湖公园的路上出事的。"

在以后的几天里，马小跳他们下午放学后就去找金子，几乎找遍了全城，也没有一点金子的线索。

这天下起了雪。这个南方城市的冬天，很少下雪，就是下了，也是飘的小雪花儿，还没落到地上就化了。可是今天这场雪，是这个南方城市罕见的大雪，到了下午，地上、树上、房子上，都积满了厚厚的白雪。

马小跳他们也没心思玩雪球、打雪仗、堆雪人。放学后，他们还得继续去找金子。

下雪天和下雨天一样，放学不用排队。下午的放学铃声一响，马小跳他们几个像箭一般射出了教室。夏林

果和安琪儿紧紧跟在他们的后面。

雪地上，是马小跳他们奔跑的足迹。

跑在后面的夏林果和安琪儿，看见马小跳他们跑到学校门口，都立在那里，眼睛都望着银杏树的方向。等她和安琪儿跑过去，也呆立在那里，默默地流泪。

已经掉光树叶的银杏树下，立着一座狗的雪雕，全身盖满了厚厚的积雪，只能看见它两只黑黑的眼睛和嘴里衔着的一个小足球。

"金子！金子回来了！"

马小跳他们欢呼着跑过去，拍掉金子身上的雪，这才发现：金子的脖子上，除了那条安琪儿送给它的黑漆皮颈圈，还套着一条皮带，皮带上有挣断的痕迹。还有，金子的眼角边，有一道伤口，鲜红的血已经凝固了。

"可以想象——"唐飞捏着那段被挣断的皮带，"金子是被人抓起来了，那人还用皮带把它拴起来。金子心里充满了对我们的思念，所以，它不顾一切地挣断了皮带。"

"可以想象——"马小跳轻轻地抚摸着金子眼角的

伤口，"金子在被关押的时间里，一定受尽了折磨。但是，金子心中有一个坚定的信念：它一定要活着逃出来见我们。"

安琪儿已经泣不成声，她在想象：勇敢的金子在雪地上奔跑的样子。

夏林果的眼泪止不住地流啊流，她在想象：忠诚的金子，嘴里衔着她送给它的小足球，等候在银杏树下，任飞舞的雪花儿，一片一片，落在它的身上……

银杏树下永远的金子

　　冬去春来，已经落光叶子的干枯的银杏树枝上，冒出了嫩绿的芽苞，春节过后，学校就开学了。

　　在寒假里，马小跳他们每天下午都到翠湖公园的银杏林，跟金子玩球要玩一两个小时。金子的球艺突飞猛进，无论射过来的球多么刁钻，它都能用嘴衔住，几乎百发百中，简直就是名副其实的"天才门将"。马小跳在宠物网店，网购了一件西班牙皇家马德里队门将卡西利亚斯的紫色1号球衣给金子，作为给它的奖励。

开学第一天下午的三点钟，金子穿着紫色的 1 号球衣、嘴里衔着小足球准时出现在学校门口那棵银杏树下。等马小跳他们放学出来，玩一会儿球，然后，它再衔着小足球回到翠湖公园。

每年的清明节，学校都要组织全校学生到大自然中去踏青，高年级的学生去远一点的地方，中年级的学生去不远不近的地方，低年级的小弟弟小妹妹只能就近去市内的公园了。

今年的清明节，中年级四个班去离这个城市一百多公里的樱桃沟踏青。

一大早，马小跳他们就来到城市广场，学校租用的旅行车都停在这里，他们要从这里出发。

马小跳问秦老师："我们回来时，是不是也在这里下车呀？"

"是在这里下。"秦老师问，"马小跳，你有问题吗？"

"没问题。"马小跳一边回答秦老师，一边又小声地对唐飞说，"完了完了，金子会等我们的。"

"马小跳，你还是有问题。"马小跳小声说的话被秦老师听见了，"你说什么'完了完了'？"

唐飞帮腔道："马小跳说他没带午餐。"

秦老师盯住马小跳背上鼓鼓的背包："你没带午餐，包里背的是什么？"

唐飞笑得打嗝，马小跳心里恨死了唐飞，嘴上还得这么回答秦老师："是……没带够。"

"马小跳，你有多大的肚子啊？"秦老师说，"这樱桃沟可没有猴子帮你吃。"

秦老师说这话是有典故的。以前去动物园，马小跳总要在背包里塞满吃的东西，可到了吃午餐的时候，他的包里什么东西都没有了——都喂猴子了。为此，秦老师批评教育过他好多次。

坐了两个多小时的车，大家来到山清水秀的樱桃沟，漫山遍野都是樱桃树。现在还不是樱桃成熟的时节，树上结的樱桃也只有绿豆般大。

马小跳说："这些樱桃是全世界最好吃的樱桃！"

有女生问马小跳："你又没吃过，你怎么知道？"

"我怎么不知道？"马小跳说，"我奶奶家就离这里不远，每年樱桃成熟的时候，都会举办樱桃节，我们都是一边摘，一边吃。"

"真的？"马小跳的身边立即聚拢一大堆女生，"马小跳给我们讲讲，这里的樱桃是什么味道的？"

马小跳就开始讲，讲得那些女生直流口水。

下午两点钟，所有的人都上了车，车往回城的路上开。马小跳特地去问了司机叔叔，什么时候能回到出发的地点。司机叔叔回答他说，如果不堵车，下午四点多就能到。马小跳心里踏实了，这时间跟平时放学的时间差不多，他们还能见到金子。

眼看着车就要开进城了，这时候却堵车了，而且，堵得死死的。

马小跳他们像热锅上的蚂蚁坐立不安，这也没逃过秦老师的眼睛："你们几个是身体不舒服吗？"

"想……便便……什么时候能到啊？"

"能忍就忍忍吧。"秦老师也替他们着急，"这大马路上，哪有便便的地方？"

车终于开回了出发地——城市广场，天已经黑了。

马小跳他们四个朝学校的方向，一路狂奔。

远远地，他们看见学校门口的银杏树下，金子还在那里，路灯的灯光将它的身影拉得又瘦又长，显得格外孤单。

"金子！金子!"

马小跳他们紧紧地抱着金子，金子放下嘴里衔着的球球，伸出舌头舔他们的脸，舔他们的手。

金子善解人意，它知道天已经晚了，四个男孩子不能和它玩球了。虽然依依不舍，它还是衔起球球，朝翠湖公园的方向跑去。

"金子，明天见!"

马小跳他们目送着金子消失在渐浓的夜色里。他们以为，明天下午三点钟，金子一定会准时出现在学校门口的银杏树下，等候着他们。

可是第二天下午，马小跳他们放学来到学校门口，银杏树下，没有金子。

"金子不会迟到的，肯定出事了!"马小跳很快地做

出了判断，"我们去翠湖公园！"

　　他们刚跑进翠湖公园，就遇见了上次向他打听金子的清洁工人。他说他在等他们，知道他们会来找金子。

　　"快告诉我们，金子在哪儿？"

　　"金子被流浪狗收容队的人收走了。"清洁工人说，"走的时候，金子嘴里还衔着那个小足球。"

　　马小跳急问："老爷爷，您知道收容流浪狗的地方在哪儿吗？"

　　"具体在哪儿，我也不清楚。"清洁工人说，"我听他们说，收容所建在一座山里，环境很好，设备也很好，是政府为流浪狗、流浪猫做的一件好事。"

　　这太突然了，马小跳他们完全傻了。

　　"几位小朋友，听我说——"清洁工人劝导道，"我知道你们很爱金子，但是你们想过没有，人会老，狗也会老，我不知道金子今年多大岁数了，你们知道吗？"

　　唐飞说："15岁。"

　　"啊，15岁的狗相当于一位百岁老人了！"清洁工人继续说，"你们就当金子进了养老院，让它在养老院

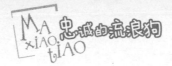

里度过它幸福的晚年吧！"

清洁工人的话句句在理。马小跳他们四个都是明白道理的孩子，他们不得不接受这个不仅不残酷、还有点温馨的现实。

夏林果有个表姐，是美术学院雕塑系的学生，听了

金子和四个男孩子的故事，哭得稀里哗啦。她又把这个动人的《一只狗和四个男孩的故事》，讲给另外几个学雕塑的同学听，于是，在一个周末的下午，来了几个雕塑系的女大学生。她们走后，学校门口那棵古老的银杏树下，便立了一座金毛犬的雕像：身穿紫色的 1 号球衣，脖子上系着黑漆皮的颈圈，嘴里衔着一个小足球。

银杏树上的叶子，绿了，黄了，落了……

银杏树下的金子，永远在等候，等候从学校里走出来的四个男孩。

时间是最公正的权威

采访人：李虹（北京师范大学儿童文学博士）　受访人：杨红樱

Q₁ 您的"淘气包马小跳系列"于 2003 年问世，到 2013 年底销量突破 3000 万册，持续畅销了整整 10 年。当年，面对"有一本畅销一本"的火爆的市场销售业绩，面对小读者们如痴如狂、迫不及待地期待着"下一本"的阅读需求，您不仅放慢了写作速度，而且在 2008 年写完《小英雄和芭蕾公主》就停止了这个长达十余年系列的写作，这是为什么？

杨红樱 正因为当时太火爆，所以跟风之作大量涌现，充斥着童书市场。评论界的一些人不分青红皂白，将我的作品与这些跟风之作混为一谈，冠以"粗制滥造、低级庸俗"的恶名。我不辩解，我要做的就是停止这个系列的写作，因为我坚信，跟风的东西终将随风而去，留得下来的一定经得起时间的考验，这是分辨良莠的最有说服力的佐证。

Q₂ 我知道您是一位非常坚持自我的作家，任何言论、任何外在的因素，都不可能影响您的创作。我想，停止"淘气包马小跳系列"的创作，还是源于您对自己有更高的要求吧？

杨红樱 我是想用时间来证明。如果时间把马小跳留下了，说明马小跳这个艺术形象是成功的。事实证明，尽管五年没有新的作品出版，但是马小跳的热读现象丝毫没有减弱。喜欢马小跳的读者一代接一代，马小跳已成为他们童年时期成长路上的精神伙伴。当年最早读马小跳的小读者，已经读大学了，现在他们回忆童年，都说马小跳是他们难忘的童年记忆。

Q₃ 时间是您判断自己作品的一个很重要的标准吗？

杨红樱 真金不怕火炼，好作品都经得起时间的考验。纵观古今中外的文学经典，都是世世代代流传下来的，是用时间炼出来的，不是贴标签标出来的。所以，尽管我的作品被贴上各种各样的标签，我认为都是不可信不可靠的，我只相信时间。时间在我心中，是最公正的权威。

Q₄ 难怪您的创作心态是那么平和，对召开作品研讨会、参加文学评奖，你似乎都没什么兴趣？

杨红樱 没有一个作家，不希望自己辛辛苦苦写出来的作品

能受到肯定。通过获奖或是开研讨会，得到的肯定可能会快一些，但我更在乎来得慢一些的肯定，这是广大读者口口相传、一点一点积累起来的口碑，这样的作品更有生命力，会走得更远。

尽管您五年没有写新的马小跳故事，但一翻开《忠诚的流浪狗》，我原本十分熟悉和喜爱的马小跳、唐飞、张达、毛超和夏林果、路曼曼、丁文涛等等鲜活的艺术形象扑面而来，故事还是那么好看，甚至比以往更感人，这是不是意味着"淘气包马小跳系列"将强势回归？

杨红樱　也谈不上回归，因为马小跳和他的伙伴们一直都在孩子们的童年里，也一直在我心里，从来就没有离开过。有这五年的沉淀，我写这本书的状态更加从容，也更加自信。

出版方也非常自信，将起印 100 万册作为一个目标，这是一个相当惊人的数字，您怎么看？

杨红樱　出版方有如此魄力，还是基于"淘气包马小跳系列"在读者当中持续的影响力和市场对这个系列新作的期待。再说，之前的 20 本，每一本的累计销量都超过了 100 万册。让我诚惶诚恐的不是"100 万"这个数字，而是小读者对这部新作的反应，他们在我心中至高无上，对我来说，没有什么比他们的阅读感受更加重要，所以有"诚惶诚恐"这样的心情，也不难理解了。

Q7 《忠诚的流浪狗》讲的是四个男孩和一只狗的故事，直面当下道德危机和信任危机的社会现实，其中内涵无疑是凝重的，但您仍然延续了该系列行云流水的叙事风格，读起来轻松、幽默、温暖，笑中有泪，这样的写作对您意味着什么？

杨红樱 是一种高难度的挑战，也容易费力不讨好。但是，童书作家必须要担当起引领儿童心灵成长的使命。不回避儿童生活中的生存现实，是起码的社会良知。大家都知道"画鬼容易画狗难"，这本书反映出来的道德危机和信任危机十分残酷，故事却要写得让读的人感到温暖，其难度可想而知。

Q8 和"淘气包马小跳系列"中的《巨人的城堡》《超级市长》《侦探小组在行动》一样，我认为《忠诚的流浪狗》也是一本孩子教育成人的书，您认为呢？

杨红樱 孩子感动成人、教育成人的时候很多，他们可以是成人的老师，成人也应该向孩子学习，是我一贯的观点和立场。书中浓墨重彩表现出来的流浪狗的忠诚，马小跳、唐飞、张达和毛超的有情有义以及他们身上的责任感，夏林果的执着和信任，这些优良的品格，都是当下成人世界所缺失的。